訳あって、眠らぬ陛下の抱き枕になりました

羊姫は夢の中でも溺愛される

高見 雛

B's-LOG BUNKO

ビーズログ文庫

Contents

アルベリク
大国コルドラの若き国王。
黒竜の強い加護を持つため、
不眠の生活を送っている。
ソランジュ
羊の姿で他人の夢に潜る
「眠りと癒しの加護」を持つ
レアリゼ王国の末王女。
離宮育ちのため
外の世界に憧れている。
訳あって、
眠らぬ陛下の抱き枕になりました
羊姫は夢の中でも溺愛される

登場人物紹介

Character Introduction

ジャック

レアリゼ王国の宮廷騎士団長。
ソランジュの良き理解者。

リュカ

コルドラ王国の宰相。
アルベリクの幼馴染。

リディア

ソランジュに仕える
優秀な侍女。

マルセル

コルドラ王国の公爵令息。
ソランジュの妃教育を
担当している。

グレース

プライド高き
コルドラ王国の侯爵令嬢。
アルベリクの元婚約者。

イラスト／まろ

プロローグ

昔々のお話。

レアリゼ王国に、たいそう美しいお姫《ひめ》様がおりました。

お姫様は賢《かしこ》く、気立ても良かったので、守り神様は自分の力を分け与《わ》《あた》えることに決めました。

「眠《ねむ》りと癒《いや》しの加護」を得たお姫様は、人々の夢に潜《もぐ》って心と身体《からだ》を癒すことに力を使いました。

ところがある日、お姫様は気付いたのです。

加護の力を悪用すれば、人の心を意のままに操《あやつ》れるということに。

お姫様は親兄弟や使用人の心を操り、国を思い通りに動かすことにしました。

国で一番美しい青年を婿《むこ》に迎《むか》え、レアリゼ王国の女王様になりました。

すべてを手に入れて自分勝手に振《ふ》る舞《ま》う女王様に、ある日神罰《しんばつ》が下りました。

守り神様は女王様の振る舞いに心を痛め、加護の力を取り上げてしまいました。

それまで心を操られていた夫が目を覚まし、女王様を処刑《しょけい》しました。

過《あやま》ちを犯《おか》した末に命を落とした可哀相《かわいそう》な女王様は、「暴虐《ぼうぎゃく》の女王」と後の世に語《かた》り継《つ》がれました。

守り神様が加護の力を人の子に分け与えることはなくなりました。

それから百年の月日が経《た》ちました。

王様とお妃《きさき》様の間に、三人目のお姫様が生まれました。

お姫様はとても可愛《かわい》らしく、誰《だれ》よりも清らかな心を持っていたので、守り神様は百年ぶりに加護の力を分け与えることにしました。

お姫様が四歳になった頃《ころ》、「暴虐の女王」と同じ力を与えられたと知った王様は、同じ過ちを犯さないようにと、お姫様を小さな離宮《りきゅう》へと閉じ込めてしまいました。

お姫様は花と緑に囲まれた美しい離宮で、十八歳になるまで外の世界を知らずに育ちました。

温室のバラのように可憐《かれん》で儚《はかな》げなお姫様は、人より少しだけ好奇《こうき》心が旺盛《おうせい》でした。

王様の目を盗《ぬす》んではお城を抜《ぬ》け出《だ》していたのです。

守り神様は今日もお姫様を見守っています。

お姫様は過ちを犯すことなく、秘めた力を正しく使うことができるのでしょうか。

第1章　箱入り羊姫

レアリゼ王国。

大陸の北方に位置する小国で、険しい山岳《さんがく》と深い森に囲まれている。

両隣《りょうどなり》には、西のコルドラ王国と、東のテネブール王国。

広い国土と強大な軍事力を誇《ほこ》る二国に挟《はさ》まれているレアリゼは、中立国として各国との均衡《きんこう》を保っている。

東西の国に挟まれているため、両国の特色が入り混じった文化が根付いており、旅人の間では「大陸の中心」と呼ばれている。

レアリゼの国王と王妃《おうひ》の間には、三人の王女がいる。

第一王女コラリー。二十一歳。聡明《そうめい》と評判で、次期女王になることが決まっている。

第二王女エステル。十九歳。社交的で芸術面に長《た》けた、誰《だれ》からも愛される美姫《びき》。

第三王女ソランジュ。十八歳。幼少の頃《ころ》から病弱であるため、公《おおやけ》の場に姿を現したことは一度もない。

レアリゼ王宮。庭園の奥にひっそりとたたずむ小さな離宮《りきゅう》。

川から引いた水路には古い水車小屋があり、多種多様なハーブを植えた薬草園と、色とりどりの果樹園が広がっている。

庭園を彩《いろど》るのは、宮廷《きゅうてい》に咲《さ》くバラのように荘厳華麗《そうごんかれい》な花ではなく、タンポポやシロツメクサといった、野に咲くささやかな花だった。

黄色いタンポポ畑に座り込む少女が一人。タンポポのように明るい金髪《きんぱつ》に、アメジストを思わせる薄紫《うすむらさき》色の瞳《ひとみ》をした可憐《かれん》な面立《おもだ》ちの少女である。

タンポポの花を摘《つ》んでは、籐《とう》の手籠《てかご》に集めている。手籠の中はあっという間に黄色いタンポポの花でいっぱいになった。

「ソランジュ様。お湯の用意ができました」

「ありがとう」

侍女《じじょ》に呼ばれたソランジュは水路の水でタンポポの花を洗い、土埃《つちぼこり》と花粉を落とす。

竈《かまど》に用意された鍋《なべ》に砂糖を入れてじっくりと煮詰《につ》め、リンゴの果汁《かじゅう》と香りづけのハーブを加えてからタンポポの花弁をふわりと散らす。

ひと煮立《にた》ちして灰汁《あく》を取り除いたら、タンポポシロップのできあがり。

「いい香り」

ソランジュは立ち上る甘い香りに目を細めた。

熱が冷めないうちにガラス瓶《びん》に注ぎ入れる。蓋《ふた》の部分には可愛《かわい》らしい布とリボン。ラベルには羊の絵がちょこんと描《えが》かれている。

ソランジュはシロップを一匙《さじ》すくって味見をした。

（おいしいけど、本当なら柑橘《かんきつ》の果汁を入れるともっと味が締《し》まるはずなのよね。レアリゼで柑橘は実らないから仕方ないのだけど）

もったりとした甘さを引き締めるために、酸味が強いリンゴの果汁を入れているけれど、想像通りの味に仕上がらないのがもどかしい。

ソランジュが頭をひねっているところへ、一台の荷馬車がやってきた。

「おはよう、ソランジュ様」

「団長。おはようございます」

赤髪《がみ》で長身の青年が優雅《ゆうが》な身のこなしで馬から下りた。宮廷騎士《きし》団長のジャックである。

「今朝もいいものができたみたいだね」

「はい。でも、やっぱり一味足りなくて。城下の市場で柑橘って手に入りますか？」

「柑橘か……。これから一緒《いっしょ》に探しに行くかい？」

「え？　でも……」

ソランジュは一瞬《いっしゅん》、顔を輝《かがや》かせたものの、すぐに思い直して視線を落とした。

ある事情から、ソランジュは離宮の外へ出ることを父王から禁じられている。

公には、病弱なため人前に出られないということになっているが、当のソランジュは風《か》邪《ぜ》一つ引かずにピンピンしている。

「もちろん陛下には内緒《ないしょ》にしておくよ。いつも通りね」

ジャックが悪戯《いたずら》っぽく笑うと、ソランジュは顔を上げてはにかんだ。

「できたてのシロップを雑貨屋に卸《おろ》す用事もあるし、製造者が同行してくれると俺としても助かるんだ」

ソランジュの作るシロップやジャム、キャンディに野草茶といった手製の品物は、ジャックが朝のうちに城下町の雑貨屋と数店舗《てんぽ》のカフェと、教会へ運んでくれる。売上金から仲介料《ちゅうかい》と店舗の使用料を差し引いた金額が、ソランジュの収入となる。

羊のマークが刻まれた品物は、城下町の若い女性を中心に評判を呼んでいる。

ソランジュ王女の手作りであることは伏《ふ》せられており、「羊堂《ひつじ》」という委託販売《いたくはんばい》店の名前だけが公に記されている。

「団長がご迷惑《めいわく》じゃなければ、お供させてください」

本当は今すぐにでも外へ出かけたいソランジュは、そわそわしながら言った。

「荷積みは俺がやっておくから、出かける支度《したく》をしておいで」

「はい！」

ソランジュはエプロンドレスの裾《すそ》を翻《ひるがえ》して駆《か》け出《だ》した。

庭を駆け回る子犬のような後ろ姿を見送りながら、ジャックは目を細めて微笑《ほほえ》む。

活発で好奇《こうき》心が旺盛《おうせい》で人懐《ひとなつ》っこい、加えて真面目で向上心が高い。

（こんなところに閉じ込めておくにはもったいない王女様だよな）

厄介《やっかい》な加護の力さえ授《さず》かっていなければ、今頃《いまごろ》は姉王女たちと一緒に公務に出て、国民から愛される立派な王女になっていただろう。

ソランジュにはもっと日の当たる場所で輝いてほしいという願いと、このままずっと自分だけを頼《たよ》ってほしいという浅ましい気持ちが、ジャックの中で交錯《こうさく》する。

（何を考えてるんだか）

ジャックは首を横に振《ふ》り、金色にきらめくシロップの瓶詰《びんづめ》を荷馬車に積み始めた。

「まあ、ソフィーさん、おひさしぶりね。来てくださって嬉《うれ》しいわ。ソフィーさんのお品物はいつも、お客様からの評判が高いのよ」

雑貨屋の主人は、陳列《ちんれつ》された羊堂の商品を絶賛してくれた。

「ありがとうございます。今後ともよろしくお願いします」

ソランジュは深々と頭を下げた。城下町では、ソフィーという偽名《ぎめい》を使っている。「王室御用達《ごようたし》」などといった、品質とは関係のない評判が広がらないように、ジャックも名前と身分を偽《いつわ》って民間の商人に扮《ふん》している。

「そろそろベリー類の収穫《しゅうかく》時期なので、新しい商品ができたらお持ちしますね」

「ええ、楽しみにしているわ」

ジャックと一緒に納品先の店舗を回ってシロップを卸した後は、お待ちかねの市場に連れて行ってもらった。

「わあ、オレンジがこんなに」

甘酸《あまず》っぱい香りが鼻腔《びこう》をくすぐる。

「夏になれば、西のコルドラ王国からレモンが入ってくるよ」

お店のおばさんがそう教えてくれた。

ソランジュは、シロップの試作品に使うためのオレンジを十個購入《こうにゅう》した。

(レモンも使ってみたいわ。早く夏にならないかしら)

オレンジがパンパンに詰《つ》まった革袋《かわぶくろ》をぶら下げて歩いていると、ジャックがひょいと取り上げた。

「うわ。こんな重いもの持ってたら、肩《かた》が外れるよ」

「平気ですよ」

「ダメだ。一応あなたはレディなんだから」

「ありがとうございます……」

普段《ふだん》は手のかかる妹みたいに扱《あつか》うくせに、急に女性扱いされるとなんだか照れくさい。

歩幅《ほはば》だって本当はソランジュよりずっと広いのに、歩調を合わせてくれている。

「団長の奥様になる方は、きっと幸せですね」

「どうしてそんなふうに思うんだい？」

ソランジュが何の気なしにつぶやいた言葉を、ジャックが拾い上げた。

「なんとなく。すごく大切にしてくれそうだなって思っただけです」

「じゃあ、俺と結婚《けっこん》してみる？」

「え？」

ソランジュは思わず足を止めた。

ジャックも立ち止まって向かい合う。

雑踏《ざっとう》が二人を避《よ》けて、小川のせせらぎのように流れていく。

「悪い冗談《じょうだん》はやめてください。わたしの身の上を知っているでしょう？」

「もちろん」

ソランジュは幼い頃、レアリゼ王国の守り神から「眠《ねむ》りと癒《いや》しの加護」を授かった。

しかし、それは聖なる力であると同時に王家では忌《い》まわしい力とされている。

過去に同じ力を授かった女性が過《あやま》ちを犯《おか》し、破滅《はめつ》の道をたどった。

ソランジュが同じ間違《まちが》いをしないとも限らない。娘《むすめ》が破滅の道をたどるのを恐《おそ》れたレアリゼ国王は、ソランジュを人の行き来がない離宮へと住まわせた。当然、結婚という未来の選択肢《せんたくし》もない。

「わたしも『暴虐《ぼうぎゃく》の女王』みたいに、人の心を操《あやつ》って悪いことをするかもしれません。団長のことだって、いつか自分の操り人形にするかも……」

「俺は構わないよ」

ジャックは真面目な顔つきで言った。

「あなたになら心を操られてもいい……って言ったら、結婚してくれる？」

「いいえ」

ソランジュは首を横に振った。

「操られてもいいなんて言ったらいけませんよ。自分の心を大切にしてください」

本当は嬉しかった。こんな自分でも、求めてくれる人がいることが。

でも、心のどこかでもう一人の自分が「違う」と訴《うった》えている。

「ごめん。今の話は聞かなかったことにして」

ジャックは肩をすくめて、冗談めかして笑った。

「行こうか」

先を歩くジャックの背中は、ほんの少しだけ寂《さび》しげに見えた。

教会は街はずれに位置しているので、市場での買い物を終えてから訪《おとず》れる予定になっていた。寄付も兼《か》ねて、教会へは品物を無償《むしょう》で提供している。

車止めに移動して荷馬車に乗り込み、三十分ほどで教会に到着《とうちゃく》した。赤いとんがり屋根が目印の古びた建物である。

「こんにちは、神父様」

「よく来てくれましたね、ジョンにソフィー。どうぞこちらへ」

神衣をまとった初老の男性が穏《おだ》やかな笑《え》みを浮《う》かべて二人を出迎《でむか》えた。ジョンとはジャックの偽名である。

教会の隣《となり》には救貧院が併設《へいせつ》されており、ソランジュの作るシロップなどは子どもたちのおやつになる。

「いつもありがとうございます。このシロップは、どのように扱えばいいのでしょう？」

「お茶に溶《と》かしたり、パンケーキやスコーンにつけるとおいしいですよ。それから、肉料理のソースに混ぜてもいいと思います」

「それはいい。早速試《さっそくため》してみることにしましょう」

神父の先導で花壇《かだん》を通《とお》り抜《ぬ》けて救貧院へ移動すると、小さな子どもたちが一斉《いっせい》に集まってきた。

「ソフィーお姉ちゃんだ！」

「今日もご本読んでくれるの？」

「お外であそびたい！」

十歳にも満たない子どもたちが、ソランジュの足元にわらわらと集まってくる。

離宮を抜け出して教会を訪れるのは容易でないため、子どもたちに会えるのはせいぜい月に一、二度ほど。たまにしか顔を出さないソランジュをこうして慕《した》ってくれるのがとても嬉しい。

「みんなのやりたいこと全部やりましょう。順番にね」

ふと、視界の端《はし》に見覚えのない女の子の姿が見えた。談話室の隅《すみ》で、膝《ひざ》を抱《かか》えて座り込んでいる。

「神父様。あの子は？」

「アンといいます。つい先日ここへ来たばかりの子ですよ」

ソランジュは、子どもたちに「ちょっと待っててね」と言い添《そ》えてから、アンのそばへ歩み寄った。年の頃は七歳くらいと思われる。

「こんにちは、アン」

両膝をついて声をかけるが、返事はない。うつろな表情で黙《だま》り込んでいる。見れば、アンの身体《からだ》は痩《や》せ細《ほそ》っていて、衣服から覗《のぞ》く白い肌《はだ》には青紫《あおむらさき》色《いろ》の痣《あざ》と火傷《やけど》の痕《あと》があった。

思わず息をのんだソランジュに、神父が小声で告げた。

「両親を亡《な》くして、親類の家に引き取られたのですが、そこでひどい目に遭《あ》ったようで。ここへ来てからまだ一度も口をきいていません」

「こんな小さな子に、なんてむごいことを……」

なんの罪もない子どもが、どうしてこんな目に遭わなくてはならないのだろう。ソランジュはやるせない気持ちでアンを見つめた。

「神父様。ブランケットを貸していただけますか？」

「それは構いませんが……」

不思議そうな表情を浮かべながらも、神父はブランケットを貸してくれた。

ソランジュはアンに近づき、折れそうなほど細い身体にブランケットをかけた。アンは一瞬、驚《おどろ》いたように目をみはったものの、嫌《いや》がる素振《そぶ》りは見せなかった。

「アン。手を貸してね」

優《やさ》しく声をかけ、傷だらけの小さな手をそっと握《にぎ》る。

（アンに眠りの加護を）

ソランジュは心の中で守り神に祈《いの》りを捧《ささ》げた。
すると、アンの小さな頭がすとんとソランジュの肩にもたれかかった。
同時に、ソランジュも眠りに落ちた。
ほかの子どもたちの潑溂《はつらつ》とした声が響《ひび》く中、二人は寄り添うように眠る。

ソランジュの意識は、アンの夢の中にいた。
小さな金色の羊に姿を変えて、ぷかぷかと夢の中を泳ぐ。
夢の中のアンは一人ぼっちで泣いていた。
幼く小さな身体では抱えきれないほどの傷を負っている。
ソランジュは、アンの身体と心の傷が癒《い》えますようにと強く願った。

目が覚めると、ソランジュの身体にブランケットがかけられていた。
一緒に眠っていたはずのアンは、子どもたちの輪に入って一緒に遊んでいる。
笑顔《えがお》はまだぎこちないけれど、新しい家族と少しずつ距離《きょり》を縮められるだろう。
ソランジュが安堵《あんど》の息をつくと、ジャックがしかめっ面《つら》を浮かべてこちらへ来た。片膝《かたひざ》をついて、小声で言う。

「力を使ったのか？」

「どうしても、必要だったんです」

「お父上に禁じられているのに？」

「ごめんなさい」

ソランジュの持つ「眠りと癒しの加護」は、手を触《ふ》れて祈ると相手を眠らせることができる。

そして、相手の夢の中へと潜《もぐ》り、身体と心を癒す。多少の怪我《けが》なら治癒《ちゆ》できるし、軽い風邪程度の病気も治すことができる。また、夢の中で相手の心に触れて精神的な負担を取り除く力がある。

「お父様に報告したければ、好きにしてください。わたしは間違ったことをしたとは思っていません」

ソランジュはまっすぐな目でジャックを見据《みす》えた。

「やめておくよ。俺が脱走《だっそう》の手引きをしたことがバレたら降格ものだからね」

「あっ」

ジャックは毎回、ソランジュを離宮から連れ出してくれるだけではなく、使用人たちとの口裏合わせにも抜かりがない。彼のおかげで家族に知られずに、離宮の外を見て歩くことができるのだ。

「ごめんなさい。迷惑ばかりかけて……」

「本当にね」

「うっ……」

ジャックは、さらっと痛いところをついてくる。

「でも、あのままアンを見捨てていたら、俺はあなたを軽蔑《けいべつ》していたよ」

「団長……」

「自分の正しさを信じるといい」

ソランジュはうなずき、消え入りそうな声で「ありがとうございます」とつぶやいた。


教会にシロップの瓶詰を納めて、空《から》になった荷馬車で王宮へ戻《もど》る頃には午後の三時を回っていた。

正門の衛兵の目に触れないように遠回りして裏門へ移動する。

「団長。今日はありがとうございました」

「次は、レモンが入る頃に市場へ行こうか」

「はい！」

ジャックを乗せた荷馬車が緑の小道の向こうへ消えていくのを見送ってから、ソランジュは離宮へと戻った。

「ソランジュ様、おかえりなさいませ」

「ただいま、リディア。留守番ありがとう」

「そんなことより、今すぐお召《め》し替《か》えを」

普段は冷静沈着《ちんちゃく》で滅多《めった》に表情を変えない侍女のリディアが、今日はめずらしく慌《あわ》てていた。

「どうかしたの？」

「国王陛下よりお召しがございました。ただちに本宮へ来るようにと」

「ずいぶんと急な話ね。何かあったのかしら？」

リディアと一緒に廊下《ろうか》を歩きながら、ソランジュは首をひねった。

ソランジュは四歳の頃から離宮で暮らしているが、父との交流はほとんどない。

母や二人の姉たちは頻繁《ひんぱん》に顔を見に来てくれるけれど、父は家族の誕生日でもない限りソランジュと顔を合わせようとしない。

最後に父と会ったのは先月、ソランジュの十八歳の誕生日だった。

自分の部屋へ戻ると、侍女たちが衣類を身に着ける順番に並べて待機していた。肌着《はだぎ》にコルセット、ドロワーズ、晩餐《ばんさん》用のドレス、アクセサリーに靴《くつ》。

侍女たちの手を借りて気持ち急いでコルセットを締め、ドレスと靴を身に着けて髪をとのえ、化粧《けしょう》をほどこしてもらう。

馬車で本宮へ移動すると、王妃である母の部屋へと案内された。

「ごきげんよう、お母様」

「まあ、ソランジュ」

母は、飾《かざ》り気《け》のない若草色のドレスを身にまとっていた。王妃にしては華《はな》やかさに欠けると思う人もいるだろうが、凛《りん》とした佇《たたず》まいの美しい母が着ると、上品で洗練された装《よそお》いに見える。

ソランジュと同じ淡《あわ》い金髪に薄紫色の美しい双眸《そうぼう》を持つ母は、呆《あき》れたように言った。

「また、あなたはそんな貧相《ひんそう》な格好をして。年頃《としごろ》の娘なのだから、もう少しおしゃれに気を遣《つか》ったらどうなの？」

ソランジュが着ているのは、シンプルな萌黄《もえぎ》色のドレスだった。長く波打つ金髪は編み込んでアップにしており、小粒《こつぶ》の宝石がついたピンを申しわけ程度に挿《さ》している。

「お母様がそれを言う？」

「私だって若い頃は、それなりに頑張《がんば》っていたのよ？」

そう言う母は、視線を逸《そ》らして何もない窓の外を見た。

ソランジュが華美《かび》な装いを好まず機能性を重視するのは、明らかに母親譲《ゆず》りである。

「お母様。今日は一体何があるの？」

「縁談《えんだん》ですって」

「縁談？」

ソランジュは首をかしげた。

一番上の姉コラリーはすでに結婚しているし、二番目の姉エステルも今年に入って婚約《こんやく》が決まったばかりだ。

「まさか、わたしにじゃないわよね？」

「そのまさかよ」

ありえない。

ソランジュは誰とも結婚しないまま、あの離宮で生涯《しょうがい》を終える宿命を背負っている。

「詳《くわ》しい話はお父様に直接聞くといいわ」

にわかに信じがたいソランジュは、母の話を右から左へと聞き流しつつ、連れ立って食堂へ向かった。

細長いテーブルが並ぶ食堂にはまだ誰も来ておらず、ソランジュと母はそれぞれ席についた。ほどなくして二番目の姉エステルがやってきて、続いて一番上の姉コラリーと、その夫が一緒に現れた。

なごやかな雰囲気《ふんいき》で雑談をしていると、最後にいかめしい表情をした父が姿を見せた。

「ごきげんよう、お父様」

ソランジュは立ち上がって淑女《しゅくじょ》の礼をとるが、父は一瞥《いちべつ》しただけで何も言わずに最奥《さいおう》の席に座った。

父がソランジュに対して冷たいのはいつものことだが、今日は何やら空気が張《は》り詰めているように感じられる。

「お父様。わたしに縁談が来ているのは本当ですか？」

無作法とは思いつつも、ソランジュは自分から直接問いかけた。せっかくひさしぶりに家族が全員そろったのだから、なんのわだかまりもなく食事をしたかった。

「相手は、コルドラ王国のアルベリク王だ」

「……え？」

父の口から出た名前に、ソランジュは唖然《あぜん》とした。

てっきり、レアリゼ王国内の貴族令息がお相手だとばかり思っていたし、縁談そのものが何かの間違いだろうとタカをくくっていた。

西の隣国《りんごく》、コルドラ王国といえば、国土と人口はレアリゼの十倍以上、農作物の収穫量も軍事力も比べ物にならない。大陸の南岸に面した王都の港町は貿易がさかんで、経済もレアリゼのウン十倍も回っている。

たとえるなら、田舎《いなか》の農民の娘が大金持ちの王様から求婚《きゅうこん》されるようなもの。

「何かの間違いじゃありませんか？」

「まだ正式な縁談ではないの」

そう言ったのは、二番目の姉エステルだった。

「コルドラの国王様がお妃《きさき》様を選ぶためのお見合いパーティーが、一か月後に開かれるんですって。周辺諸国の姫君《ひめぎみ》たちが招待されているそうよ」

「そのパーティーにわたしが？」

「本当はね、あちらの手違《てちが》いで私に招待状が届いたの。でも、私は結婚をひかえている身でしょう？　だから、代わりにソランジュにお願いしたくて」

ソランジュはようやく腑《ふ》に落ちた。美人で教養もあって社交的なエステルなら、隣国からお呼びがかかるのも当然だと思った。

「でも、わたしは……」

ソランジュは言いかけて、父の顔を見た。父は何も言わずに食前酒に口をつけている。

「心配しなくても大丈夫《だいじょうぶ》。選ばれることは絶対にないから」

「どうして？」

問い返すと、エステルはユリの花弁のようにたおやかな指先を頬《ほお》に添えた。

「なんでも、コルドラの国王様はこれまでに何度も婚約破棄《はき》なさっているそうなの。最近では、お見合いパーティーを開いても誰も選ばれないまま解散してしまうとか」

「経費と時間の無駄遣《むだづか》いよね」

長姉《ちょうし》のコラリーが辛辣《しんらつ》な口調で言った。その隣で夫が苦笑《くしょう》を浮かべる。

「今度のパーティーも、おそらく誰も選ばれないだろうと言われているの。それなら外交も兼ねてソランジュを出席させてもいいんじゃないかしらって、私は思うのだけど……」

エステルは、父のほうをちらりと見やった。

「外交……」

これまでの人生で縁《えん》のなかった言葉に、ソランジュの胸が躍《おど》った。

「興味がありそうな顔ね」

エステルに指摘《してき》されて、ソランジュは頬を上気させてうなずいた。

この機会を逃《のが》したら、この先ずっと外の世界を見ることなく離宮で一生を終えてしまうかもしれない。一度でいいから異国の景色を見てみたい。

「あの、お父様」

ソランジュは父に向き直った。

「コルドラ王国訪問の許可をいただけませんか？　けっしてお父様に迷惑をかけることは

しません」

父は食前酒のグラスを置いた。

「条件がある。お前の加護の力を絶対に使わないこと。加護を授かっていることをコルドラの人間にけっして悟《さと》られないこと。間違っても婚約者に選ばれるような行動はとらないこと。それが守れるなら、行きなさい」

父がソランジュと目を合わせてくれたのは何年ぶりのことだろう。普通《ふつう》の親子なら当たり前のことなのに、ソランジュは泣きそうになるくらい嬉しかった。

「ありがとうございます、お父様」

「コルドラ王国の王妃に？　ソランジュ様が？」

「あちらの王様のお見合いパーティーに行くだけよ。選ばれることはないから大丈夫」

すっかり旅行気分のソランジュに対して、リディアは心配そうに眉尻《まゆじり》を下げた。

「心配です。ソランジュ様は見た目だけでしたらレアリゼで一番の美貌《びぼう》ですから。コルドラの国王陛下が一目惚《ひとめぼ》れなさる恐れが……」

褒《ほ》めてもらえるのはありがたいけれど、所詮《しょせん》は身内の贔屓目《ひいきめ》である。

「絶対にないから安心して。それでね、リディアも一緒にコルドラへ行ってほしいの」

「もちろんです。おまかせください」

ガサツなソランジュと四六時中、行動を共にできるのは昔馴染《むかしなじ》みのリディアくらいのものである。

「楽しそうですね、ソランジュ様？」

リディアの問いかけに、ソランジュは口角を上げた。

「レアリゼの外に出るのは初めてなんだもの」

リディアが淹《い》れてくれた紅茶を一口飲んで、ソランジュはまだ見ぬ土地を想像する。

「それに、コルドラの王都は海に面しているのよ。海って初めて見るから楽しみ。海のお魚とか、貝とか。それから、レモンは絶対に買って帰りたいわ。あ、収穫時期はまだ先だったかしら？」

いまだ試作段階のタンポポシロップが完成に近づくと思うと、わくわくする。

「完全にグルメツアーになりそうですね」

「出発前に下調べをしておかなくちゃ」

「ソランジュ様。その前にマナーの総ざらいをしておくべきでは？」

肝心《かんじん》なことを忘れていた。

十八歳の現在まで一度も社交界に出た経験のないソランジュは、淑女のマナーもダンスも食事作法も最低限は身に付けているものの、とても人前で披露《ひろう》できるものではない。

「リディア……特訓に付き合って」

「おまかせください」

この日からおよそ一か月に渡《わた》って、地獄《じごく》の特訓が行われた。

コルドラの王都へは、レアリゼから馬車で七日を要する。

途中《とちゅう》で何があっても間に合うよう、パーティーの十日前に出立した。

二頭立ての馬車にソランジュとリディアが乗り、衣装《いしょう》箱を含《ふく》めた荷物を積んでいる。

馬車の両脇《りょうわき》を守るように、護衛の騎士が二人。

ソランジュは頻繁に小窓を開けては護衛たちと御者《ぎょしゃ》にねぎらいの言葉をかけ、適宜《てきぎ》休《きゅう》憩《けい》を取ってはその場の景色を楽しんで順調に旅程を進んだ。

国境を越《こ》えたあたりでは、レアリゼと似通った緑の深い風景がしばらく続いていたが、街道《かいどう》を抜けて王都へ近づくにつれて美しく整備された区画が目立つようになった。

山に囲まれたレアリゼでは木組みの家が主流だが、海の近いコルドラでは夕焼け色の瓦屋根《かわらやね》に白漆喰《しっくい》の壁《かべ》の家が立ち並ぶ。

開けた小窓から風が吹《ふ》き込んだ時、ソランジュは思わず声をあげた。

「風が……」

肌をなでるような、しっとりとした感触《かんしょく》の風は、知らない香りを含んでいた。

「潮風ですね。海に近づいてきた証拠《しょうこ》です」

並走《へいそう》する護衛の騎士がそう教えてくれた。

「これが潮風……海の匂《にお》い……」

ソランジュは心臓が高鳴るのを感じた。

やがて馬車がゆるやかな丘《おか》を下ると、遠くに青い水平線が見えた。

瞬間《しゅんかん》、ソランジュは目の前の景色に心を奪《うば》われた。

澄《す》み渡った青空と、深い青色の海を隔《へだ》てる境界線は、レアリゼの山の稜線《りょうせん》とは違う。

どこまでも続くまっすぐな水平線は午後の日差しを照り返して、細かな光の粒《つぶ》がまるでティアラのように見えた。

「綺麗《きれい》……」

ソランジュは薄紫色の双眸を細め、初めて触れる潮風を深く吸い込んだ。

「思ったよりも早く到着しましたね」

リディアが帳面を取り出して予定を確認《かくにん》する。

「王宮へ向かうのは三日後になりますから、空いた日は宿でお過ごしに……」

「食べ歩きしましょう！」

「……ソランジュ様が三日もおとなしくしているわけがありませんでした」

一行は、手配していた宿に立ち寄って手早く荷解《にほど》きを終えると、遅《おそ》めの昼食をとるために繁華《はんか》街へ繰《く》り出した。

港町の人々は朝が早いらしく、仕事を終えた漁師や市場の人たちは明るいうちから酒を酌《く》み交《か》わしている。中には、異国風の装束《しょうぞく》をまとった商人たちの姿もあった。

護衛の一人が年配であることから、ソランジュたちは家族連れの観光客を装って食堂に入った。

おすすめの料理を数種類とレモン水を注文する。ソランジュは護衛たちにコルドラ産の白ワインを薦《すす》めたのだが、「任務中ですから」と固辞された。

生まれて初めて食べた海産物は、どれも不思議な食感をしていた。

エビのプリプリ感と甘みに衝撃《しょうげき》を受け、イカのなんとも言えない硬《かた》さと噛《か》むほどに広がる旨《うま》みがやみつきになる頃、近くのテーブルの男性客たちの会話が耳に入ってきた。

「そういえば、国王陛下の例のアレ、今年もやるんだってな」

「ああ、美女の品評会か」

清潔な身なりだが、話し方と食べ方がいささか粗野《そや》な様子を見ると、王宮の下級兵士といったところだろうか。

ソランジュは料理を堪能《たんのう》しながら、彼らの会話に耳をそばだてる。

「ご令嬢《れいじょう》たちも気の毒だ。どうせ選ばれないのに必死に着飾《きかざ》って媚《こ》びを売るんだから」

（やっぱり誰も選ばれないのね。よかった）

ソランジュは内心、ほっとした。まかり間違って王妃に選ばれてしまったら取り返しがつかない。

「なんだ。お前、知らないのか？」

もう一人の男性が声量を落として言った。

「国王陛下は毎回、気に入った女性と婚約して、ご自分の住まいに囲うって聞いたぜ。どんなひどい目に遭ってるかは知らないが、泣いて逃《に》げ出すまで軟禁《なんきん》状態らしい」

「お妃教育がよっぽど厳しいってことか？」

「もしくは、陛下の趣味嗜好《しゅみしこう》が特殊《とくしゅ》か、だろうな」

男性たちの下品な笑い声を耳にしながら、ソランジュは貝類の旨みが存分に抽出《ちゅうしゅつ》されたスープを一匙ずつ口へ運ぶ。

（コルドラの王様って変態なのかしら？）

まだ顔も知らない国王を、心の中で変態呼ばわりしてしまう。

（誰も選ばれないんだから関係ない話よね）

ソランジュはメニューを広げ、手を挙げた。

「すみませーん。追加の注文お願いしまーす！」

三日後。王妃選定パーティー当日。

宿で身支度《みじたく》をととのえたソランジュは、リディアを伴《ともな》って馬車でコルドラの王宮を訪れた。

城下町の中心に位置する王宮は、レアリゼの王宮よりもずっと立派なものだった。

レアリゼの王宮を家にたとえるなら、コルドラの王宮は一つの街に思えた。

城壁《じょうへき》の内側には図書館、博物館、美術館、歌劇場、海洋生物学や天文学など各部門の研究所、カフェテラス、服飾《ふくしょく》雑貨店、書店が立ち並んでいる。

人々が行き交う様子から、このあたりの区画は一般《いっぱん》市民にも開放されているらしい。

さらに進んで二つ目の門をくぐると、幾何学模様《きかがくもよう》に美しく整備された前庭が広がり、その先に堅牢《けんろう》なたたずまいの城が見えた。

深い森が城を守るようにして広がる光景は、規模は違えどレアリゼの王宮と少し似ている印象を受けた。

小窓の外を、見たことのない姿形の鳥が飛んでいる。

樹木も草花も初めて目にするものが多く、ソランジュは無意識に目を輝かせた。

　同じ大陸でも、気候が違うだけで世界がまるで違う。

　この景色が見られただけでも、コルドラへ来てよかったと心から思った。

　パーティーの受付を済ませると招待客の控《ひか》え室《しつ》へ案内された。そこで身なりの確認を行い、ソランジュは会場である広間へ、リディアは侍女たちの待機する部屋へと移動する。

「それじゃあ、行ってくるわね」

「ご武運をお祈りしています」

　ソランジュが赤いビロードの絨毯《じゅうたん》が敷《し》かれた廊下を歩き出した時、すぐ近くで女性が鼻で笑う声が聞こえた。

「ずいぶんと気合いが入っていらっしゃること。でも、無駄な努力ですわよ。あなたが選ばれることはありませんもの」

　豪奢《ごうしゃ》なドレスに身を包んだ若い女性だった。ソランジュと同じく、パーティーに招待された異国の王族なのだろう。言葉とは裏腹に、頭のてっぺんからつま先に至るまで完璧《かんぺき》に着飾っている。選ばれないとわかっていても、ほんのわずかな望みを抱《いだ》いているように見えた。

　ソランジュは女性に向き直って、優雅に微笑みを返した。

「ええ、気合いは人一倍、入っていると思います。選ばれたら困るので」

「は？」

次の言葉を失った女性に「失礼」と一礼して、ソランジュはふたたび歩き出した。廊下に配置されていた案内係の女官に誘導《ゆうどう》されて、広間へとたどり着く。

広間に足を踏《ふ》み入《い》れた瞬間、ソランジュは思わず声をあげそうになった。

磨《みが》き抜かれた大理石の床《ゆか》、壮麗《そうれい》な宗教画の描かれた天井《てんじょう》、豪華絢爛《ごうかけんらん》なシャンデリア。一枚ガラスの嵌《は》め込まれた大窓からは昼間の白い陽光が射《さ》し込み、広間に集《つど》う姫君たちの美しさが引き立てられている。

（すごい……何もかもが豪華だわ。目がくらみそう）

ソランジュは、歓談《かんだん》する姫君たちに紛《まぎ》れて周囲をうかがう。

姉の言っていた通り、今回のパーティーに招待されているのはコルドラの周辺諸国から集められた女性王族たちだった。

（国王陛下はどの方なのかしら？）

配膳の使用人と配備された騎士たちのほかに、男性の姿は見当たらない。

（人を呼びつけておいて遅刻《ちこく》だなんて、失礼な王様ね）

ソランジュは銀糸の刺繍《ししゅう》がほどこされた空色のドレスの裾を翻して、壁際《かべぎわ》のビュッフェスペースへ移動した。昼食を取らずに宿を出たので空腹で今にも倒《たお》れそうなのだ。

「お料理をお取りいたしましょうか？」

「いいえ、自分で取るので結構です。ありがとうございます」

声をかけてくれた使用人に笑顔で礼を言うと、ソランジュは白磁の皿を手に取った。

(今日はお肉の気分だわ)

コルドラに到着してからの三日間、魚介類《ぎょかいるい》ばかり食べていたせいで肉が恋《こい》しい。鴨《かも》のローストとバゲットを山盛りに載《の》せ、飲み物を受け取ってテーブル席へと足早に移動する。

「わああ、ひさしぶりのお肉！　いただきまーす！」

ソランジュは肉をバゲットに載せ、大口を開けてかぶりついた。

「ん～～～っ、おいひい！」

王女とは思えない豪快《ごうかい》な食べっぷりに、近くにいた姫君たちがざわついた。

「なんて下品な……ありえませんわ」

「本当にみっともない。まるで野良犬《のらいぬ》のようですわ」

彼女たちは虫を見るような目でソランジュを遠巻きにしながら、ひそひそと囁《ささや》きを交わす。

当のソランジュは料理に夢中で、姫君たちの悪口など耳に入っていなかった。

山盛りの料理を一瞬でたいらげ、おかわりを取りに席を立とうとした。

すると、目の前に新しい料理の皿が二つ、三つと次々に置かれた。

顔を上げると、使用人の男性が数人、テーブルを囲むように待機していた。

「サラダもどうぞお召し上がりください」

「ローストビーフをお持ちいたしました」

「お飲み物もどうぞ」

ソランジュが薄紫色の瞳をきょとんと見開いていると、使用人たちはおかしそうに笑みを浮かべながら言った。

「失礼をお許しください。貴女様《あなたさま》の食べっぷりを拝見したところ、その都度お席を立つのは面倒《めんどう》なのではないかと、我々が勝手に判断いたしました」

「ありがとうございます。助かります！」

「ほかにご所望《しょもう》の料理がありましたら、なんなりとお申しつけくださいませ」

彼らの申し出に、ソランジュは満面の笑みで答えた。

「では、お料理を端から端まで一通りいただけますか？　デザートはその後で全種類いただきます」

「かしこまりました。すぐにお持ちいたします」

ソランジュの言動を遠巻きに眺《なが》めていた姫君たちは、ますますドン引きしている。

「全種類って……どれだけ食べるつもりなのかしら？」

「きっと、とてつもなく貧しい国からいらしたのよ。食いだめして帰る気なんだわ」

「なんて意地汚《いじきたな》い」

彼女たちの声には、憐《あわ》れみの色が混じっていた。そんな声を右から左へと受け流し、人生で最初で最後になるだろうこの場《パーティー》を、ソランジュは後悔のないように絶品料理を余すところなく堪能する。

もう魚介類に飽《あ》きたと思っていたけれど、大衆食堂の魚介料理《ぎょかい》と宮廷料理では味付けがまったく違う。どちらも素晴《すば》らしい。特に、エビのすり身を揚《あ》げた料理がたまらなく美味《おい》しくて、これは無限に食べられそうな気がした。

料理を一通りたいらげ、一旦《いったん》中座し、デザートの皿に手を伸《の》ばしたところで、若い男性の声が広間に響き渡った。

「大変お待たせをいたしまして、申しわけございません」

声のするほうへ視線を向けると、礼装に身を包んだ長身の男性の姿があった。

ソランジュは小声で使用人の男性に尋《たず》ねた。

「あの方が国王陛下ですか？」

「いいえ。あちらは宰相《さいしょう》閣下です」

宰相は、招待客の姫君たちへ視線を送りながら詫《わ》びの口上を述べた。

「国王陛下はただ今、政務が立て込んでおりまして、こちらへの到着が遅《おく》れる見通しでございます。皆様《みなさま》に一分一秒でも早くお会いしたいと申しておりますので、勝手ではありますが今しばらくお待ちいただけましたら幸いに存じます」

宰相の言葉に、姫君たちの間から落胆《らくたん》の声と喜びの歓声《かんせい》が同時にあがった。

「もう一時間もお待ちしておりますのに。まだいらっしゃらないなんて」

「きっと国王陛下の演出ですわよ。焦《じ》らして、私たちの反応を楽しんでいらっしゃるに違いありませんわ」

くすくすと、艶《つや》っぽい笑い声がそこかしこから聞こえてくる。

彼女たちは知っているのだろうか。国王の妃に選ばれたとしても、ひどい目に遭わされるかもしれないことを。

ソランジュは運んでもらったデザートもすべて食べ終え、食後の紅茶を口にする。

(デザート……もう一周したいけど、さすがにやめたほうがいいわよね。胃袋《いぶくろ》は平気でも、カロリーには勝てないもの)

明日の朝起きて、着られる服がなかったら困る。

「ご馳走様《ちそうさま》でした。あの、少し散歩をしたいのですが、外に出てもいいでしょうか?」

この短時間ですっかり打ち解けた使用人の男性は、招待客用に開放されている庭園へ案内してくれた。緑の匂いを含んだ風が心地《ここち》よい。

「あちらのバラのアーチがある場所までは、ご自由に散策されて結構です。そこから奥は立ち入り禁止区域となっておりますので、お気をつけくださいませ」

「ありがとうございます」

ソランジュは庭園の草花を踏まないよう気を配りながら、ゆっくりと足を運ぶ。

レアリゼを出立してからの数日、一人でゆっくりと過ごす機会がなかったので、ここに来てようやく人心地ついた気がする。

海風の香る城下町は温暖で、北方に住むソランジュにとっては暑いくらいだったが、王宮は深い緑に囲まれているせいか比較的《ひかくてき》涼《すず》しく感じる。

（コルドラは活気があって楽しい国ね。市井《しせい》も王宮も人が優しいし、お料理も美味しいし。王様はちょっと難ありみたいだけど、治世は良さそう）

明日の朝には出立してレアリゼへ戻る予定になっている。少し名残惜《なごりお》しい。

（食べ歩きに夢中になって、お母様たちへのお土産《みやげ》をすっかり忘れていたわ）

宿へ戻ったらリディアたちと相談して、買い物に付き合ってもらおう。

考え事をしながら歩くうちに、ソランジュはいつの間にか色とりどりのバラが咲き誇る区画に入り込んでいた。くぐってはいけないと言われていたバラのアーチが背後に見えた。

「いけないわ、戻らないと」

ソランジュが踵《きびす》を返そうとした時だった。

「う……っ」

誰かのうめき声が聞こえた。

ソランジュは足を止め、耳を澄ます。

「……っく、うう……」

男の人の声。すぐそばにいる。ソランジュは声のするほうへと足を進めた。

丁寧《ていねい》に刈《か》り込まれた垣根《かきね》の向こう側に若い男性が倒れていた。

「大丈夫ですか⁉」

ソランジュは駆け寄って膝をついた。介抱《かいほう》しようと手を伸ばすが、慌てて引っ込める。

ソランジュは人を眠らせる能力だけでなく、眠る人の身体に指一本でも触れたら、その人の夢の中へ意識が入り込んでしまうのだ。

「どうしよう……」

躊躇《ちゅうちょ》している間にも、地面に横たわる男性は苦しそうに身をよじらせる。緑の光沢《こうたく》を帯びた黒髪《くろかみ》が汗《あせ》ばんだ額に貼《は》りついている。薄《うす》く開かれた唇《くちびる》は浅い呼吸を繰り返す。

（人を呼びに行っている間に、もしも容態が悪化したら？）

ソランジュは、一度引いた手をふたたび差し伸べた。

（どんな病かわからないけど、苦痛をやわらげる程度ならできるはずよ）

ソランジュは地面に投げ出されている男性の手を、両手でそっと包み込んだ。

その瞬間、視界が色を失《な》くして、自分の身体から意識が抜け出るのを感じた。

見知らぬ男性の手を握りしめたまま、ソランジュはその場に倒れ伏した。

ぷかぷか、ぷかぷか。

小さな金色の羊の姿になったソランジュは、夢の世界を泳いでいた。

暗い森の中を抜けて、たどり着いたのは洞窟《どうくつ》の前だった。

そこに、夢の主である黒髪の男性が座り込んでいた。

「なんだお前は？」

（ひっ！）

人を殺せそうなほどに鋭《するど》い眼光で睨《にら》まれ、ソランジュは身をすくませた。

「とっ、通りすがりの者です！」

黒髪の男性は、眉根を寄せた。非常に整った目鼻立ちをしているせいで、圧がすごい。

「…………犬か？」

「羊です……一応」

「羊？」

男性は眉間《みけん》の皺《しわ》をさらに深くした。

「羊はもっと、四肢《しし》も胴体《どうたい》も長い。お前のその丸っこい身体はどう見ても小型犬だ」

「失礼な！　この角《つの》をよく見て！」

ソランジュはまんまるな身体を揺《ゆ》すって、頭の角を強調した。

「なるほど。非礼を詫びよう」

男性は思いのほか素直《すなお》に詫びの言葉を口にした。

(顔は怖《こわ》いけど、悪い人じゃなさそう)

よくよく見れば、彼が身に着けているものはどれも上質で、立ち襟《えり》の刺繍やカフスの細工など、そこかしこに精緻《せいち》な装飾《そうしょく》がほどこされている。おそらくは上位貴族の令息なのだろう。

ふいに、洞窟の奥から猛獣《もうじゅう》のような唸《うな》り声が響いてきた。

「な、何?」

「居《い》候《そうろう》のようなものだ。俺の中に棲《す》みついている」

「居候って……?」

「気性《きしょう》が荒《あら》くてな。俺が気を抜くと暴走しかねない」

そう言う男性の顔には疲労《ひろう》が色濃《いろこ》く浮かんでいて、深緑色の双眸の下には青黒いクマがうっすらと見えた。

「あなた、眠れていないの?」

「眠っているつもりなんだが、どうにも眠りが浅いらしい」

男性は明らかに疲《つか》れた顔つきで息を吐《は》き出した。

「ちょっと失礼」

ソランジュはぽてぽてと男性に歩み寄り、彼の膝に前足を載せた。

(この人に、眠りと癒しの加護をお与《あた》えください)

心身の疲労が消え去るように。そして、健《すこ》やかに深く眠れるように。

ソランジュは心を込《こ》めて祈った。

すると、どうしたことかソランジュは突然《とつぜん》、強い眠気《ねむけ》に襲《おそ》われた。

(何……?)

「どうした?」

男性の声が遠い。ソランジュはまぶたが重くなっていくのを感じた。

これまで、姉たちや救貧院の子どもたちの夢の中に何度か潜ったけれど、これほど激しい疲労を覚えることはなかった。

(この人を蝕《むしば》むものが、それほどに強い存在だということ……?)

暗い洞窟の奥から聞こえてくる唸り声。

(あれは一体……?)

小さな羊の身体が、ぱたりと倒れ込んだ。

力を使わないという、父との約束を破った罰《ばつ》だろうか。

ソランジュは初めて、人の夢の中で意識を手放した。

目が覚めると、ソランジュは人の姿で見知らぬベッドに横たわっていた。

現実の世界へ戻ってきた。

（あの人は元気になったかしら？）

確認できないまま、どうやら気を失ってしまったらしい。誰がここまで運んできてくれたのだろう。

肌触《はだざわ》りの良《い》い上質な夜着を着せられており、医者らしき人の問診《もんしん》を受けた。終わると同時に顔も知らない女官たちが数人、部屋へなだれ込んできて、自分のドレスに着替《きが》えさせられる。

訳がわからず続き間へ案内されると、そこに見知った顔があって安堵の息をついたのも束《つか》の間《ま》。リディアは青白い顔でソランジュを見つめていた。

リディアのそばには、長身の爽《さわ》やかな風貌《ふうぼう》をした若い男性。パーティーで見かけた宰相だった。

状況《じょうきょう》を把握《はあく》できずにいると、宰相はにっこりと微笑みかけた。

「おめでとうございます。ソランジュ・レアリゼ王女殿下《でんか》。貴女様が、我が国王のお妃様に選ばれました」

「え……？」

ソランジュは状況が飲み込めずに瞬《まばた》きを繰り返した。

（どうして……？）

寝《ね》て起きたら、顔も知らない王様のお妃に選ばれてしまっていた。

第2章　殺伐と甘々

王妃《おうひ》選定パーティーが始まる一時間前。アルベリクは王族専用のバラ園に寝《ね》そべっていた。

空は気持ちよく晴《は》れ渡《わた》っているというのに、心は鬱々《うつうつ》としている。

妃《きさき》選びなど気が進まない。

世継《よつ》ぎをもうけるという責務を理解してはいるものの、これまで出逢《であ》った女性たちは碌《ろく》なものではなかった。

最初の婚約《こんやく》者は親同士が決めた相手だった。教養が高く外見も美しい女性だったが異性関係にだらしのない性分《しょうぶん》で、三股《さんまた》をかけられていた。あのまま結婚《けっこん》していたらと思うと、ぞっとする。初恋《はつこい》も未経験の十四歳だったアルベリクにとって、深い心の傷となった。それから数年の間はすべての縁談《えんだん》を断った。

二人目と三人目の婚約者は、そろって浪費癖《ろうひぐせ》のある高飛車女だった。自分たちの衣食住が民《たみ》からの税収で賄《まかな》われていることを、まるでわかっていない。未来の王妃にふさわしいと思えずに婚約破棄《はき》した。

三年前に父である先王が病死し、アルベリクが即位《そくい》した翌年、初めて自分の目で婚約者を選ぶことになった。

将来、自分に何かあった時に、代わりに政務を担《にな》える聡明《そうめい》な女性を選んだつもりだったが、四人目の婚約者はあまりに勝ち気で傲慢《ごうまん》だった。婚約期間は妃教育を兼《か》ねて生活を共にしていたのだが、ことあるごとに実家の暮らしと比べてケチをつけてきた。「気に入らないなら出て行け」と言ったら本当に出て行った。

五人目の婚約者は謙虚《けんきょ》で朗《ほが》らかな女性だったが、嫉妬深《しっとぶか》い性格でもあった。アルベリクの個人的な事情で何日も顔を合わせられなかった際、浮気《うわき》を疑われて刺《さ》されそうになった。疑われるような素振《そぶ》りを見せたアルベリクに非があったので、この件は不問に付して、円満に婚約破棄する運びとなった。

自分に女性を見る目がないのか、コルドラに癖の強い女性が多すぎるのか。

結婚適齢期《てきれいき》の貴族令嬢《れいじょう》ほぼ全員と見合いをしたが、王妃にふさわしいと思える女性とは出会えずじまいだった。

巷《ちまた》では、「国王は婚約者を軟禁《なんきん》して虐《しいた》げている」だの「国王の特殊《とくしゅ》な性癖《せいへき》に耐《た》えられずに泣いて逃《に》げ出《だ》した」だの、下世話な噂《うわさ》が流れている。

宰相《さいしょう》や大臣たちの進言により、今度は周辺諸国から王族の女性を招くことになった。

しかし、運良く王妃が決まったところで、幸福な夫婦《ふうふ》生活を送れるとは思っていない。

木立の囁《ささや》きに耳を傾《かたむ》け、空をただよう雲を目で追っているうちに、全身に倦怠《けんたい》感が押し寄せてきた。

（つくづく厄介《やっかい》な身体《からだ》だ）

歴代の国王は、即位と同時にその身に守り神の加護を授《さず》かる。

豊穣《ほうじょう》と勝利を司《つかさど》る黒竜《こくりゅう》、ディオニール。

国王の精神に寄生させて生命力を分け与《あた》える代わりに、コルドラ王国の繁栄《はんえい》が約束される。即位と同時に強制的に交《か》わされる契約《けいやく》だった。

黒竜は獰猛《どうもう》な性格で、少しでも気をゆるめるとアルベリクの体内で暴れ出す。万が一、意識を乗っ取られたら周りの人間を傷つけることになる。

黒竜を鎮《しず》めるために日中は常に気を張って、夜も浅い眠《ねむ》りの中で黒竜を制御《せいぎょ》している。

即位してからの三年は、ぐっすり眠れた例《ため》しがない。

しかし、眠らなくては身体の疲《ひ》労《ろう》が蓄積《ちくせき》する一方なので、公務の合間を見計らって仮眠《かみん》を取っている。その仮眠さえも、やはり穏《おだ》やかに眠れることはないのだが。

先王である父が早くに逝去《せいきょ》したのは、黒竜と共存するうちに心身が疲弊《ひへい》して力尽《ちからつ》きてしまったためだった。

アルベリクが睡魔《すいま》に負けてまぶたを閉じたその時、人の気配が近づくのを感じた。

「誰《だれ》だ!?」

瞬時《しゅんじ》に神経が研《と》ぎ澄《す》まされ、眠りかけた身体が弾《はじ》かれたように覚醒《かくせい》する。

アルベリクは神速と謳《うた》われる速さで腰《こし》の短剣《たんけん》を抜《ぬ》き、片膝《かたひざ》をついた体勢で剣先《けんさき》を相手の喉元《のどもと》に突《つ》きつけた。

「相変わらず物騒《ぶっそう》だな」

「なんだ、リュカか」

幼馴染《おさななじ》みの顔を確認《かくにん》すると、アルベリクは気が抜けたような顔で短剣を鞘《さや》に収めた。

「そろそろ始まるぞ」

国王の幼馴染みであり右腕《みぎうで》でもある宰相リュカ・セルトンは、苦笑《くしょう》を浮《う》かべて一歩下がった。

「参加者の査定はリュカにまかせる。少し寝かせてくれ」

「バカを言うな。国外から姫君《ひめぎみ》たちを呼びつけておいて、王が不参加だなんてまかり通るわけがないだろう」

リュカの言い分はもっともである。

「いいか？　今日は絶対に相手を選べ。この際、誰でもいい。今日の参加者は全員が王家の姫君だ。ハズレを引くことはないだろう」

「誰でもいいって……雑だな」

「こうでも言わないと、お前が誰も選ばないからだ」

正論を返され、アルベリクは閉口した。

「二時間後にまた来る。少しでも身体を休めておけよ」

「ああ」

リュカの足音が離《はな》れるのを確認して、アルベリクは今度こそ眠りについた。


夢の世界。

鬱蒼《うっそう》とした森の奥、深淵《しんえん》の闇《やみ》へつながる洞窟《どうくつ》の前で、アルベリクは座り込んでいた。

洞窟の奥からは猛獣《もうじゅう》のように唸《うな》る黒竜の声が響《ひび》き渡る。

（うるさい……）

地鳴りのような唸り声が頭に響いて、ひどく不快だ。

身体は疲《つか》れきって目を覚ますことができず、しかし眠り続けることも難しい。

浅い眠りの中でただ耐えるだけの時間が過ぎていく。

ふいに、アルベリクの目の前に小さな丸っこい物体が降ってきた。

金色の毛並みに覆《おお》われた生きものだった。

「なんだお前は？」

突然《とつぜん》のことに、アルベリクは反射的に誰何《すいか》した。

国王に即位して黒竜との契約を結んでからというもの、夢の中に自分と黒竜以外の者が現れることは一度もなかった。もちろん、動物も含《ふく》めて。

もこもこふわふわな金色の毛並みに、薄紫《うすむらさき》色をした宝玉のようなつぶらな瞳《ひとみ》。

「………犬か？」

「羊です……一応」

喋《しゃべ》った。犬……もとい羊が喋った。

アルベリクは内心うろたえていた。

（夢だからなんでもアリなのか？　夢の中では動物も喋るのが普通《ふつう》なのか？）

この三年、普通の夢を見ていないアルベリクにとって、もはや普通がなんなのか判断がつかなくなっていた。

どう見ても小型犬だろうと言ったら、金色の羊は小さな身体を揺《ゆ》すって頭部の角を強調した。口調から察するに雌《めす》らしい。

「ちょっと失礼」

人語を解する羊は、ぽてぽてとこちらへ歩み寄り、小さな前足でアルベリクの膝《ひざ》に触《ふ》れた。

次の瞬間《しゅんかん》、清流のように澄んだものがアルベリクの内側に流れ込んでくるのを感じた。

自分を襲《おそ》っていた頭痛がたちどころに治まり、身体が軽くなった。

気がつけば、洞窟の奥から聞こえていた唸り声がやんでいた。それどころか、黒竜の気配すら立ち消えている。

「これは……？」

アルベリクが視線を落とすと、金色の羊がその場で気を失っていた。

「おい、大丈夫《だいじょうぶ》か⁉」

羊の安否を確認する前に、アルベリクは夢から覚めてしまった。


こんなに爽快《そうかい》な目覚めは即位して以来……実に三年ぶりのことだった。

常に全身にまとわりつく倦怠感も、目を開けているのもつらくなる片頭痛もない。

心なしか、周囲の風景が光り輝《ひかかがや》いて見える気がする。

六月の庭園を彩《いろど》るバラは、こんなに華《はな》やかで美しかったのか。

いつもよりずっと軽くなった身体を起こそうとしてようやく、自分の手に何かが触れているのを感じた。

見ると、色白の小さな手がアルベリクの手を握《にぎ》っていた。

精巧《せいこう》な人形のように美しい女性が、隣《となり》ですやすやと眠っている。

木漏《こも》れ日《び》を糸にして紡《つむ》いだような淡《あわ》い金髪《きんぱつ》、同じ色の長い睫毛《まつげ》、小さく整った鼻梁《びりょう》、咲《さ》きかけの花のつぼみのようにふっくらとした唇《くちびる》。空色のドレスをまとって眠る姿は、おとぎ話の眠り姫《ひめ》を思わせた。

「バカな……」

アルベリクは喉《のど》を震《ふる》わせた。

自分が黒竜ディオニールから与えられている加護は、王国の繁栄と引《ひ》き換《か》えに背負わされた悪夢の呪《のろ》い。そして、獣《けもの》のように鋭敏《えいびん》な危機察知能力。

たとえ眠っていても、人の近づく気配には反応するはずなのだ。

(俺が他人の気配に気づかず……ましてや手を握られた状態で眠り続けていただと?)

異常な目覚めの良さといい、何かがおかしい。

アルベリクは、握られていた手をそっとほどいた。

女性のふわふわとした金髪から、夢の中で見た金色の小さな羊が連想された。

(まさかな)

アルベリクは女性の肩《かた》を優《やさ》しく揺すった。

「おい、起きろ。こんなところで寝ていては風邪《かぜ》を引く」

地べたに寝転《ねころ》んでいた自分が言えた立場ではないが、掛《か》け布の用意もない屋外に女性を寝かせておくわけにはいかない。

「う……ん、もう一皿……」

奇天烈《きてれつ》な寝言《ねごと》が返ってくるだけで、起きる気配はない。

アルベリクは女性の華奢《きゃしゃ》な身体を抱《だ》き上《あ》げ、城へ向かって歩き出した。

女性の身体はとても軽く、風が吹《ふ》いたら綿毛のように飛んでいきそうな気がした。

バラのアーチをくぐって緑の小道を抜けると、広間へ通じるテラスが見えた。

アルベリクの姿を見つけたリュカが慌《あわ》てて駆《か》けてくる。

「アル……いえ、陛下。そちらのご婦人は？」

「庭園で拾った」

「拾った？」

訝《いぶか》しげに眉《まゆ》をひそめたリュカだったが、すぐにアルベリクの顔色が普段《ふだん》と違《ちが》うことに気づいた。

「よく眠れたのですか？」

「ああ。自分でも驚《おどろ》くほどに」

アルベリクは、抱きかかえている金髪の女性に視線を落とした。

どうして、彼女のそばで自分は目覚めなかったのか。

夢で出逢った金色の羊は何者なのか。

彼女に触れていると、心身が軽くなる気がするのはなぜか。

次々と浮かんでくる疑問が、アルベリクの心を突き動かした。

「この女性を俺の妃にする」

王妃選定パーティーの場に国王が姿を現さないまま「お妃様が決定いたしましたので終了《しゅうりょう》とさせていただきます」と告げられ、宴《うたげ》はお開きとなった。

出席者の姫君たちの反応は様々で、「横暴だわ！」と怒《いか》りをあらわにする者もいれば、「他国の王族とのつながりができた」と次の婚活《こんかつ》への意欲を見せる者もいた。

妃に選ばれたソランジュ本人は何も知らず、日が暮れるまで眠りこけていた。もちろん、客間まで運んでくれたのが国王だなんて想像もしていない。

「あの、何かの間違《まちが》いでは……？」

どうか間違いであってほしい。そう願いをこめて問いかけたけれど、爽《さわ》やかな風貌《ふうぼう》の宰相は笑顔《えがお》で「間違いなく、ソランジュ王女殿下《でんか》がお妃様に決まりました」と答える。

「早速《さっそく》ですが、国王陛下との晩餐《ばんさん》の席をご用意しております。身支度《みじたく》がととのいましたら、食堂へお越《こ》しください」

「えっ、あの……！」

ソランジュの返事も待たずに、宰相は風のように去って行った。

入《い》れ替《か》わりでやってきた侍女《じじょ》たちに取り囲まれ、ソランジュは用意された真新しいドレスに着替《きが》えさせられ、髪《かみ》と化粧《けしょう》を直された。

途中《とちゅう》まで呆然《ぼうぜん》と立《た》ち尽《つ》くしていたリディアは、半ばヤケになったのか身支度の輪に加わった。庭園で見知らぬ男性の夢に潜《もぐ》ってしまった件については、まだリディアに話せていない。

「まあ、お美しい」

「素材が素晴《すば》らしいから、磨《みが》き甲斐《がい》がありますわ」

「花嫁《はなよめ》姿が今から待ち遠しいですわね」

（話が飛躍《ひやく》してる……！）

鏡の中のソランジュの口元が大きく引きつった。着替えたドレスは上品な深緑色で、デコルテの部分に同系色のレースが飾《かざ》られた清楚《せいそ》な可愛《かわい》らしいデザインだった。侍女たちが言うには、深緑色は国王アルベリクの瞳の色らしい。

（そういえば、あの人も同じ色だったような……）

夢の中で会った黒髪《くろかみ》の男性。強面《こわもて》ではあったけれど、根は悪い人ではなさそうだった。

姿見で身なりの確認を終えると、侍女たちに誘導《ゆうどう》されて国王の待つ食堂へと向かった。

国王は、普段は離れの屋敷《やしき》で生活していて、来客時だけ本宮の食堂で食事をとるらしい。道すがら、侍女たちがそう教えてくれた。

食事といえば、ソランジュはパーティーの場で周囲が引くほどの食欲を見せつけた。「意地汚《いじきたな》い」とまで言わしめたのに、なぜ妃に選ばれてしまったのだろう。

（あの程度じゃ足りなかったのかしら？）

昼間たいらげた分のカロリーは、すでに消費されている。

コルドラの王宮はレアリゼの王宮に比べて数倍の広さがある。客間から食堂までの距離《きょり》も果てしない。広々とした長い廊下《ろうか》を歩いて、たどり着く頃《ころ》にはソランジュの胃袋《いぶくろ》は空腹を訴《うった》えていた。

うっかりお腹《なか》が鳴ってしまわないよう意識を集中させて、背筋を伸《の》ばす。

開かれた扉《とびら》をくぐると、細長い食卓《しょくたく》が並べられた空間の奥の席で黒髪の男性がこちらを見ていた。

「ソランジュ王女殿下がお越しでございます」

案内に従って、ソランジュは一歩ずつ丁寧《ていねい》に足を進めた。

「国王陛下、お初にお目にかかります。レアリゼ王国より参りました、ソランジュ・レアリゼと申します」

淑女《しゅくじょ》の礼をとり、一呼吸置いて顔を上げる。

（えええええ⁉）

ソランジュは思わず大声をあげてしまいそうだったところを、なんとかこらえた。

（こ、この人が王様……？）

昼間、庭園で倒《たお》れていたあの男性だった。

ソランジュがほどこした癒《いや》しの加護が効いているのか、あの時とは比べ物にならないほど血色がいい。青黒いクマも綺麗《きれい》に消えている。

そして、人を射殺《いころ》しそうだった眼光は、理知的で穏やかな眼差《まなざ》しに変わっていた。

「はじめまして、ソランジュ王女。アルベリク・ルジェ・コルドラだ。どうか自分の家だと思ってくつろいでほしい」

アルベリクは立ち上がり、ソランジュの前へ進み出て微笑《ほほえ》みかけた。

（う……っ）

夢の中では人相の悪さが手伝って全然気づかなかったけれど、アルベリクはとんでもない美形だった。パーティーに参加していた姫君たちがこの場にいたら、間違いなく何人かは医務室送りになっていることだろう。

ソランジュは十八年の人生で、家族以外の男の人といったら姉の夫と、騎士《きし》団長のジャックくらいしかまともに会話したことがない。それから、教会の神父様。

つまり、男性への免疫《めんえき》がこれっぽっちもないのだ。

(どうしよう。何を話したら……?)

頭の中が真っ白になっているところへ、アルベリクが気遣《きづか》わしげに声をかけた。

「体調はどうだろうか? 少しは回復したか?」

「え?」

「庭園で倒れていただろう? 貧血《ひんけつ》か何かで倒れたのではないか? 医師の診断《しんだん》はどうだった?」

アルベリクは心からソランジュの体調を案じてくれているようで、心配そうに顔を覗《のぞ》き込んできた。

(ち、近いです……っ!)

破壊《はかい》力の強い顔面が近づいてきて、澄んだ眼差しに見つめられて動悸《どうき》がおさまらない。

(さっきとはまるで別人だわ)

抜き身の刃《やいば》のように鋭《するど》い眼差しと冷たい声が、ソランジュの脳裏《のうり》によみがえる。

今、目の前にいるアルベリクは、プディングのようにやわらかく甘い笑《え》みをたたえている。心なしか声音《こわね》までもが甘やかなものに聞こえる。

「お、お気遣い感謝いたしますわ。少々、旅の疲れがたまっていたようです」

なんとか正気を保ちつつ答える。

「それならよかった」

ソランジュはむしろ、アルベリクの体調のほうが気がかりだった。庭園で、汗《あせ》をにじませて夢にうなされる姿を覚えている。

気がかりなことといえば、もう一つ。

「国王陛下。おうかがいしてもよろしいでしょうか？」

「なんだ？　言ってみろ」

「あの……わたしをお部屋まで運んでくださったのは、その……」

「俺だ」

（やっぱり！）

ソランジュは心の中で頭を抱《かか》えた。

「陛下のお手をわずらわせてしまい申しわけありません。ありがとうございました……」

「すまない。長旅で疲れているのに、こんなところへ呼び出してしまって」

「い、いいえ！　とても光栄ですわ！」

やっぱり、噂で聞いていたのと印象が違う。

女性に対する理想が天より高く、それでいて釣《つ》った魚には餌《えさ》をやらない。特殊な嗜好《しこう》の持ち主で、高慢《こうまん》かつ冷酷《れいこく》な男性。

そう聞いていたけれど、夢の中で会った時や、今こうして向き合っている彼は、とても思慮《しりょ》深く思いやりのある人に見える。

だからといって、このまま結婚に持ち込まれたら父との約束を破ることになる。

なんとかして、アルベリクの気が変わるように仕向けなくては。

やがて、テーブルに料理が運ばれてきた。

前菜かと思いきや、メインの肉料理が大皿に山のように盛られている。

(あれ?)

続いてスープと、これまた山盛りのパンが置かれる。

一方のアルベリクに用意されているのは、常識的な盛り付けの料理だった。

「宰相から聞いた。ソランジュ王女はよく食べる健康的な女性だと。今夜は好きなだけ食べてほしい」

(宰相様……っ! 好意的な解釈《かいしゃく》にもほどがあるのでは⁉)

困った。アルベリクを幻滅《げんめつ》させるための材料が一つ潰《つぶ》れた。

しかし、アルベリクの機嫌《きげん》を損《そこ》ねる目的で目の前の食べものを残すのはもってのほか。

ソランジュは、美味《おい》しくいただくことに決めた。

「では、いただきます……」

言うが早いか、皿の上の料理が瞬《また》く間《ま》にソランジュの胃袋に収まった。

その様子を、アルベリクは興味津々《きょうみしんしん》の表情で見つめてくる。

食事中に人の目を意識したことがないソランジュは彼の視線が気になってしまい、途中から料理の味が全然わからない。実にもったいない。

おかわりを勧《すす》められたけれど丁重《ていちょう》にお断りして、食後の紅茶をぎこちない動作で口に含んだ。

「ソランジュ王女。婚約が成立したら、離れの屋敷で一緒《いっしょ》に暮らしてもらうことになる。この城と比べれば手狭《てぜま》になるが、理解してもらえると助かる」

（歴代の婚約者が軟禁されていたっていうお屋敷……！）

事前に聞いていた噂を思い出し、ソランジュの表情に緊張《きんちょう》が走る。

「何か希望があれば言ってくれ」

「希望というか……少々、疑問に感じる点があるのですが」

「なんだ？」

「どうして、わたしなのでしょうか？」

アルベリクの深緑色の瞳をまっすぐに見据《みす》えて、率直《そっちょく》に問いかけた。

周辺諸国の美姫《びき》たちが集まった中で、「食べっぷりがいいから」という間抜《まぬ》けな理由で選ばれるのは不自然だと思った。

「目が覚めたらそこにいたから、かな」

「………」

きっとあの時、アルベリクの夢の中で気絶したせいだ。

「これから、きみのことを少しずつ知っていけたらと思う」

曇《くも》りのないまっすぐな眼差しでそう言われて、ソランジュは胸が痛んだ。

結婚する気なんてさらさらないのに。

「レアリゼの国王陛下がこちらへ到着《とうちゃく》され次第《しだい》、立ち会いのもと婚約の儀《ぎ》を執《と》り行《おこな》う。そのつもりで準備をしてほしい」

「父がコルドラへ？」

ソランジュが眠っている間に、早馬がレアリゼに向かったとのことだった。

あちらに報《しら》せが届くまで、早くて三日はかかる。父が即時《そくじ》出発したとして、そこからおよそ七日を要する。ソランジュの婚約を知った父が激怒しなければいいのだけれど。

晩餐のデザートは、白くなめらかな断面が美しいレアチーズケーキだった。

もったいないことに、これも味がよくわからなかった。

晩餐を終え、執務室《しつむ》へ戻《もど》ったアルベリクは来客用のソファに身を預けた。

ソランジュ王女は成人男性顔負けに食欲旺盛《おうせい》だと聞いていたが、思っていたよりひかえめに感じられた。長旅で疲れていたのだろうか。

「今度の婚約者殿《どの》は、けっして取り逃がさないようお願いしますね。陛下」

　決裁済みの書類を引き取りにやってきたリュカが言った。

「釣った魚みたいに言うな」

「獲物《えもの》には変わりない」

　宰相の顔から幼馴染みの顔に戻ったリュカは、気安い口調で言い返す。

「いいか、アル。たとえ、ソランジュ王女と性格が合わなかったとしても、彼女がどれだけ高慢で浪費癖があって、異性にだらしなかったとしても、絶対に機嫌を損ねるなよ。どんな手を使ってでも結婚までこぎつけろ。そしてさっさと子を作れ」

「……リュカは、顔は善人なのに腹の中は真っ黒だよな」

「コルドラ王国の繁栄のためですよ、国王陛下」

　リュカは爽やかな笑みを浮かべて言った。


　その夜、ソランジュは姉のエステルと騎士団長のジャックに宛《あ》てた手紙を書いた。

エステルへは、しばらくの間レアリゼに帰れないけれど、この婚約は何かの手違《てちが》いだと思うので婚約解消して必ず国へ帰る旨《むね》を。

ジャックには、羊堂の品物をしばらくの間作ることができないことへの詫《わ》びをしたためた。

「大丈夫よね……？　きっと帰れるわよね？」

用意された客間で、ソランジュは誰へともなくつぶやいた。

部屋に一人きりで過ごすのはいつもと変わらないのに、どこか物寂《ものさび》しくて不安な気持ちが胸に渦巻《うずま》いていた。

十日後。父がコルドラへ到着した。

（うわぁ……この顔はものすごく怒《おこ》ってるわ）

応接間に案内されたソランジュは、父の表情を見てその胸の内を察した。

父の眉間《みけん》には深い皺《しわ》が刻まれ、こめかみには血管が浮き上がっている。

「ごきげんよう、お父様。遠路はるばるようこそいらっしゃいました」

ソランジュは笑みを浮かべて淑女の礼をとった。

父は、ソランジュが気づかない程度だが目をみはった。

お見合いパーティーのためにリディアと特訓を重ねたおかげで、ソランジュの所作は以前のぎこちなさが消えて優美になっていた。

「まさか、お前がコルドラの王妃に選ばれるとはな」

「わたしが一番驚いています。何かの間違いだと思うのですが」

何せ、選ばれた理由が「目が覚めたらそこにいたから」なのだ。適当すぎる。

「しかも、今日これから婚約式で結婚式が一か月後だと……？」

ソランジュもつい先ほど宰相からそのように聞かされ、ずいぶんと急な予定に驚いた。てっきり、半年から一年は婚約期間という名の猶予《ゆうよ》があると思っていた。

ソランジュはすでに、婚約式のための衣装《いしょう》を着せられていた。やわらかなクリーム色の生地《きじ》が花びらのように重なり、大輪の花が咲いているような印象を与えるドレスだった。

「婚約中のエステルを差し置いて、なんということだ」

それについては同感なので、ソランジュは大いにうなずいた。

「エステルお姉様に申しわけないです……」

今は人払《ひとばら》いをしているので、応接間にはソランジュと父の二人だけである。

父が到着するまでの十日間、ソランジュはアルベリクの客人として王宮に客間を与えられ過ごしていた。

滞在《たいざい》していた宿から荷物を引き上げ、共に行動していた護衛たちはすでにレアリゼへ帰《き》還《かん》している。

そして、初めての晩餐以来、アルベリクとは今日まで顔を合わせていない。

リュカいわく、政務が立て込んでいるとのことだったけれど、ソランジュはアルベリクの体調が思わしくないのではと心配していた。

「お父様。コルドラの国王陛下とこれまで婚約された方たちは、どなたもご成婚《せいこん》に至る前に婚約破棄されています。ですから、心配しないでください」

父は無言で、眉間の皺を指先で揉《も》んだ。出された紅茶は一口も飲んでいない。

「わたしは必ずレアリゼへ帰ります」

「出立前に交わした約束は覚えているか？」

父の問いに、ソランジュは一瞬《いっしゅん》、言葉に詰《つ》まった。

加護の力のことは秘密にすること。力を絶対に使わないこと。

不可抗力《ふかこうりょく》とはいえ、ソランジュは約束を破ってしまっている。罪悪感で胸が痛い。

「も、もちろんです」

ソランジュが首肯《しゅこう》すると、父はぬるくなった紅茶にようやく口をつけ、息を吐《つ》いた。

「この件はお前にまかせることにする。重ねて言うが、くれぐれも力の件は内密にするように。お前の行動一つで国交に影響《えいきょう》すると覚えておけ」

「はい、お父様」

わかっていることだった。

父が案じているのは、ソランジュの身ではなく自国の平和。

今日だって、役立たずな末娘《むすめ》のために何日もかけてコルドラへやってくるのは、さぞかし面倒《めんどう》なことだっただろう。

(わたしがするべきことは、お父様や国に迷惑《めいわく》をかけないこと)

その時、使用人の女性が婚約式の最終確認をするためにソランジュを迎《むか》えにきた。

ソランジュは心の中で胸をなで下ろし、立ち上がる。

「それではお父様。時間まで、どうぞごゆっくりとおくつろぎください」

まるで他人に接するように、ソランジュはよそ行きの笑みを浮かべてお辞儀《じぎ》をした。


侍女たちに案内されて、ソランジュは王宮内の聖堂へと移動した。

荘厳《そうごん》で清らかな聖堂の中央に神父が待機しており、かたわらの書見台に細かな文字が刻まれた書類が用意されている。参列者の席には眉間に皺を寄せたままの父が座っていた。

アルベリクはまだ来ていないようだった。

ソランジュは神父の前に誘導される。

一歩進むごとに、クリーム色のドレスの裾《すそ》が花開くようにふわりと舞《ま》う。新たな王妃のためにあらかじめ用意されていた衣装を手直ししたものである。

「国王陛下のお出ましです」

振《ふ》り返《かえ》ると、漆黒《しっこく》の礼装に身を包んだアルベリクがこちらへ歩み寄ってきた。

（あら？　なんだか雰囲気《ふんいき》が……）

表情なのか、歩き方なのか、アルベリクの発するオーラが今日は殺伐《さつばつ》としているように感じられた。

アルベリクの数歩後ろには、黒髪の見目麗《みめうるわ》しい淑女が二人いた。

一人は、蜜《みつ》をたっぷり含んだ完熟の果実を思わせる妖艶《ようえん》な女性。

もう一人は、甘酸《あまず》っぱい野イチゴのように可愛らしい少女。

「まあ、あなたがアルベリクの婚約者？　とても可愛らしい方ですこと」

妖艶な美女は無邪気《むじゃき》に微笑みながら、先を歩くアルベリクを追い越してソランジュの手をぎゅっと握った。

「お、お初にお目にかかります。ソランジュ・レアリゼと申します」

「私はレティシアよ。アルベリクの母ですわ」

（母⁉　お姉様じゃなくてお母様⁉）

ソランジュは目の前の美女を二度見した。若い。とても成人男性の母には見えない。

「お母様ったら、ずるいわ。わたしもお義姉様《ねえさま》にご挨拶《あいさつ》させて」

（おねえさまって、わたしのこと⁉）

言葉を失うソランジュの前に、華奢で小柄《こがら》な黒髪の美少女が進み出た。

「はじめまして、ソランジュお義姉様。ベルティーユですわ」

ソランジュは、事前に目を通した調査書の内容を咄嗟《とっさ》に思い返す。アルベリクの妹、ベルティーユ王女。年齢《ねんれい》はソランジュより二つ下の十六歳。

（可愛い～～～！　顔ちっちゃい、お目々きゅるきゅるしてる。睫毛の量すっごい！

ひええ、飾っておきたいくらい可愛い……！）

ベルティーユの髪の色はアルベリクと同じ黒で、瞳の色は明るい青緑色をしている。

ソランジュがすっかりレティシアとベルティーユに見とれていると、アルベリクの刺すような声が飛んできた。

「母上、ベル。邪魔《じゃま》をするなら出て行ってくれ」

極寒《ごっかん》の氷のように冷たい声音。

驚くソランジュをよそに、レティシアとベルティーユは気にした様子もなく「またあとでね」と参列者の席へ移動した。

ソランジュの隣に、漆黒の人影《ひとかげ》が立つ。

アルベリクは、こちらを見ようとも声をかけようともしない。

求婚《きゅうこん》された時との雰囲気の変わりように、ソランジュは混乱した。

（もしかして気が変わったのかしら？　婚約するのが嫌《いや》になったとか？）

ソランジュは心の中で拳《こぶし》を握りしめた。

（一時はどうなることかと思ったけど、よかった。これでレアリゼに帰れるわ！　せっかく着せてもらったドレスが無駄《むだ》になるのは申しわけないけど）

ほっと胸をなで下ろしていると、横で誰かが呼ぶ声が聞こえた。

「おい」

「は、はい？」

隣に顔を向けると、アルベリクが眉間に皺を寄せてこちらを睨《にら》んでいた。人のよさそうな神父が困ったような表情でこちらを見守っている。

「きみの番だ。早く書け」

「え？」

アルベリクが顎《あご》をしゃくる。書見台に据《す》えられた書類には、すでにアルベリクの署名がされていた。

婚約証明書。

（あ、あれ？　婚約……やめないの？　ものすっごく嫌そうな顔してるけど、どんな気持ちで署名したの……？）

言いたいことが一気に押し寄せてくるが、ソランジュはすべて飲み込んだ。奥歯《おくば》に力がこもって、口元がゆがんでしまう。

「なんだ？　この婚約に異議でもあるのか？」

（ありますとも）

思っていても口に出すことは叶《かな》わず、ソランジュは取り繕《つくろ》うように微笑みを浮かべて羽根ペンを手に取った。

婚約証明書の下にある空欄《くうらん》に自分の名前を書き込むと、神父が厳《おごそ》かな声で婚約の成立を宣言した。

（わたし、婚約しちゃったんだ……）

ソランジュは、隣にいるアルベリクの表情をうかがおうと横目で見た。

そこにはもう、アルベリクの姿はなかった。

ソランジュを置き去りにして、早足で出入り口に向かって歩いている。

「ちょっと、お兄様！」

ベルティーユが声をかけるも、アルベリクはそのまま扉の向こうへ消えて行った。

（か、感じ悪い……！）

婚約したばかりの相手に置き去りにされる形になったソランジュは、茫然《ぼうぜん》と立ちつくした。

「せわしない子ねぇ」

レティシアは手にしていた扇《おうぎ》を顎に添《そ》え、困ったように首をかしげた。

「ごめんなさいね、ソランジュちゃん」

(ソランジュちゃん⁉)

国王の母が口にする呼び名とは思えず、ソランジュは目を見開いた。

「無愛想で冷たくて目つきの悪い息子《むすこ》だけど、いいところもあるのよ～。どうか仲良くしてね～」

まるで、子どもの喧嘩《けんか》を仲裁《ちゅうさい》する近所のお姉さんのような気安さで言われるものだから、ソランジュは反射的に「は、はい……」とうなずいてしまった。

「ソランジュお義姉様は、お兄様のお屋敷で暮らすのよね？　わたしたちの離宮《りきゅう》にも遊びにきてね。絶対よ？」

「よ、喜んで……」

甘えるように腕《うで》を絡《から》ませてくるベルティーユに、ソランジュは戸惑《とまど》い気味にうなずく。

(王太后様とベルティーユ様……。むやみに仲良くしたら婚約破棄しづらくなる気がする……でも、せっかくのお誘《さそ》いを無下にするのも失礼だし……どうしたらいいの？)

絶世の美女たちに左右から挟《はさ》まれて、ソランジュは天を仰《あお》ぐ。

聖堂の天井《てんじょう》に描《えが》かれたコルドラの守り神である黒竜ディオニールの絵が、ソランジュを見下ろしていた。

レアリゼ国王は、日没前《にちぼつ》にコルドラの王宮をあとにした。

別《わか》れ際《ぎわ》、「問題を起こしたらすぐ帰国させる」とだけ言い残して去って行った。

寂《さび》しさを覚える暇《ひま》もなく、ソランジュは馬車に乗せられて王宮の最奥《さいおう》にある離れの屋敷へと移動した。侍女のリディアも一緒に。

歴代の婚約者たちが逃げ出したという屋敷は、どれほどおそろしい魔窟《まくつ》なのだろうと身構えていたソランジュは、実際に建物を目にすると思わず感嘆《かんたん》の声をあげた。

「素敵《すてき》……！」

森の中の小さな家、というのが第一印象だった。

小さいとはいっても、人が住むには十分すぎる大きさである。

濃《こ》い青色の瓦屋根《かわらやね》で、煉瓦《れんが》造りの三階建て。外には季節の花が咲く広い庭と菜園。カボチャやニンジン、ジャガイモ、葉物に豆類など、多くの野菜が植えられている。今は時季ではないけれど、葡萄棚《ぶどうだな》があるのも見えた。

（レアリゼの離宮みたい）

少し離れた場所には、ニワトリ小屋と水車小屋が見えた。小川のせせらぎと水車の回る音が風に乗って響いてくる。

夕暮れ時の薄暗《うすぐら》い中でもこれほど素晴らしい景色なら、朝日が昇《のぼ》る時分はどんなに美しいことだろう。

「ソランジュ様。ようこそおいでくださいました」

玄関《げんかん》ホールには大勢のメイドと執事《しつじ》が整列して、ソランジュを出迎《でむか》えた。

「は、はじめまして！　ソランジュ・レアリゼと申します。今日からお世話になります。どうぞお見知りおきを」

ソランジュが淑女の礼をとると、メイドたちの間からため息が漏《も》れ聞こえた。

「なんてお美しい……」

「さすが、国王陛下が一目惚《ひとめぼ》れなさった方ですわ」

（一目惚れ？　それはないわよ？）

ソランジュは笑顔を貼《は》りつけたまま、心の中で思いきり否定した。

王宮の庭園で気を失っていたソランジュをアルベリクが拾った、という話が誇張《こちょう》されて伝わっているのだろう。噂とはおそろしい。

「ソランジュ様、お初にお目にかかります。メイド頭のサリナと申します。誠心誠意、お世話をさせていただきます」

眼鏡をかけた年配の女性が前に進み出て礼をした。次いで、リディアにも声をかける。

「リディアさんも、どうぞよろしくお願いいたしますね。コルドラでの仕事に慣れるまで、私がお手伝いさせていただきます」

「ありがとうございます。よろしくお願いいたします」

ソランジュの三歩後ろで、リディアは深くお辞儀をした。

「それでは、お部屋へご案内いたします」

サリナの案内で、三階の奥にある部屋へ通された。

小花柄《こばながら》の壁紙《かべがみ》と淡色《たんしょく》系の調度品でまとめられた可愛らしい部屋だった。

「足りないものがございましたら、すぐにご用意いたしますので、なんなりとお申しつけくださいませ」

「なんでもいいんですか？」

ソランジュが聞き返すと、サリナは「もちろんでございます」と答えた。

「それじゃあ、畑仕事用の作業着と長靴《ながぐつ》と手袋《てぶくろ》を。毎日使うので予備も用意してもらえると助かります」

「畑仕事……ですか？」

ソランジュはにっこりと微笑み返した。

「畑のお世話をするのは当然、住人の仕事でしょう？」

国王の婚約者が畑仕事などとんでもない。これだから田舎者《いなかもの》は！　……とメイドたちの顰蹙《ひんしゅく》を買うこと間違いなしである。

（完璧《かんぺき》な作戦だわ）

心の中で誇《ほこ》らしげに胸を張るソランジュはすぐに、自分の浅はかさを思い知らされる。

「なんと素晴らしい心構えでいらっしゃるのでしょう！」

「……え？」

見れば、サリナは眼鏡の奥の瞳を潤《うる》ませて感激していた。

「国王陛下はお時間の許す限り、畑とお庭のお世話をご自身でなさるのです。ソランジュ様も同じお気持ちでいらっしゃるなんて……！　きっと、陛下もお喜びになります！」

（そんな……！）

初手から間違えた。まさか、大国の王様が土いじりを好むなんて夢にも思わない。

「必要なお召《め》し物《もの》は、このサリナが責任を持って明朝までにご用意させていただきます」

「あ、ありがとうございます……」

大食いも畑仕事も効果がないとすれば、一体どうしたら国王の機嫌を損ねることができるというのか。

「ソランジュ様。晩餐の前にお召し替えをいたしましょう」

サリナ率いるメイドたちに手際《てぎわ》よく晩餐用のドレスに着替えさせられ、食堂へと連れて行かれた。

この夜は、アルベリクがまだ城から戻っておらず、初めて屋敷でとる食事はソランジュ一人きりだった。

過剰《かじょう》に優しくされるのも気まずいけれど、婚約式の時みたいに理不尽《りふじん》に冷たくされるのもなんだか切ないので、今は一人でよかった。

幼い頃からずっと一人で過ごしていたのだ。今さら寂しさも感じない。

屋敷の菜園で収穫《しゅうかく》した野菜をふんだんに使った煮込《にこ》み料理が絶品で、ソランジュは三回おかわりした。

食後は、部屋の本棚《ほんだな》からコルドラの文化史について書かれた書物を選んで時間をつぶした。見たことのない本ばかり並んでいるので、コルドラにいる間に読める本はすべて読んでおきたい。

それから、リディアやメイドたちの手を借りてお湯を浴び、やけに入念に髪と肌《はだ》の手入れをされて、ラベンダーの香水《こうすい》を足首に少しだけふりかけて、なぜか白粉《おしろい》を軽くはたかれた。

「あの、もう寝るだけですよね？　お化粧は必要ないんじゃ？」

鏡台に座るソランジュは、鏡ごしに問いかけた。

するると、磨き抜かれた鏡の中で年若いメイドたちが含み笑いを漏らした。

「ソランジュ様のお肌は陶器《とうき》のように美しく、透《す》き通《とお》っていらっしゃいます。ですが、身だしなみというものは、いついかなる時も欠かせないものなのですよ」

サリナが聖母のような微笑みを浮かべて言った。その隣で、リディアが何かを察したように目を見開いた。

(コルドラの人たちは、寝る時もお化粧するのが普通なのかしら?)

そして、着せられたこの寝間着《ねまき》。

今まで感じたことのない、なめらかな肌触《はだざわ》りをしていて、羽毛《うもう》のように軽い。

生地が薄《うす》いにもかかわらず身体を温かく包み込んでくれて、縫製《ほうせい》もしっかりしている。

(すぐに婚約破棄されて出て行くのに、こんなに手厚い待遇《たいぐう》をされたら申しわけないわ)

ソランジュの頭の中では、明日にでも婚約破棄される予定になっている。この屋敷に長くとどまるつもりはない。

「ソランジュ様。廊下は冷えますので、こちらをお召しになってくださいませ」

「廊下?」

聞き返すソランジュの肩に、白いショールがかけられた。

てっきり、寝室《しんしつ》はこの部屋と続き間になっていると思っていた。わざわざ廊下に出て別室へ移動するのは効率が悪い気がする。

そんな疑問を抱えつつ、ソランジュは素直《すなお》にメイドたちについて部屋を出た。

六月とはいえ、夜はたしかに冷え込む。室内と比べて冷たい空気を肌に感じながら、ソランジュはやわらかな室内履《ば》きで長い廊下を歩く。

サリナの掲《かか》げる燭台《しょくだい》の灯《あか》りを頼《たよ》りに、扉をいくつか通り過ぎたところで、彼女は「こちらでございます」と立ち止まった。

屋敷の廊下に設《しつら》えられている扉はどれも同じようなものだけれど、そのどれよりも一回りほど大きく重厚《じゅうこう》な扉だった。護衛の騎士が一人配備されている。

騎士が扉を開け、サリナの先導で室内へ足を踏《ふ》み入れる。燭台の灯りに浮かび上がる本棚の数から、図書室のような部屋と思われた。

広々とした部屋の奥に続きの扉があり、そこでサリナが足を止めた。後ろにいたはずのメイドたちとリディアはいつの間にかいなくなっていた。

(図書室の奥に寝室?)

不自然な空気を感じ取ったソランジュは、サリナを振り返った。

「あの……ここは?」

「おやすみなさいませ」

扉が開かれ、軽く肩を押されたかと思うと、すぐさま背後で扉の閉まる音がした。

「サリナさん!?」

扉の向こうに呼びかけるも、サリナの足音は遠ざかっていくだけだった。

部屋の中に視線を向けると、毛織物《けおりもの》の豪奢《ごうしゃ》な絨毯《じゅうたん》が敷《し》かれた部屋の中央に天蓋《てんがい》付きの巨大《きょだい》なベッドが設えられていた。

猫足《ねこあし》のサイドテーブルには、水差しと杯《さかずき》が二つ用意されている。

（ここで寝ろってことよね……？）

テーブルに置かれた燭台の頼りない灯りが、天井の豪奢なシャンデリアをほのかに照らしている。寝るだけの部屋にこんな立派な照明器具は必要ないだろうに。

天蓋の紗幕《しゃまく》に覆われているベッドは、見たところ大人五人は余裕《よゆう》で並んで眠れる広さがありそうだった。

（落ち着いて眠れる気がしないわ）

履物《はきもの》を脱《ぬ》いで紗幕の内側に身体を滑《すべ》り込ませたソランジュは、ベッドに膝を載《の》せた体勢で硬直《こうちょく》した。

（………………え？）

巨大なベッドの真ん中に、黒髪のおそろしいほどに綺麗な顔をした男性——アルベリクが横たわっていた。

（えええええ？　どうして⁉）

婚約はしたけれど、二人はまだ夫婦ではない。

（ここって、もしかして国王陛下のお部屋？）

図書室だと思っていた部屋は、どうやらアルベリクの書斎《しょさい》だったようだ。

（ど、どうしよう……）

ソランジュはベッドの上に四《よ》つん這《ば》いという間抜けな姿で、身動きが取れずにいた。

部屋の外には護衛の騎士がいて逃げられないし、このまま一緒に眠るなんてとんでもない。

いっそのこと床《ゆか》で寝てしまおうか。

ソランジュがベッドから降りようとして身じろぎすると、その振動《しんどう》が伝わったのか、アルベリクが目を覚ましてしまった。

「……何をしている？」

燭台の頼りない灯りが照らす顔からは表情が見て取れないけれど、声音からして明らかに不機嫌《ふきげん》そうだった。

「あ、あのっ、わたし何も知らなくて……。ここで休めと連れてこられまして……」

アルベリクは気だるげに身を起こし、前髪《まえがみ》をかき上げた。

「リュカ……宰相の差し金だ」

「宰相様の？」

ソランジュはベッドの上に座り直して聞き返した。

「てっきり冗談《じょうだん》だと思っていたんだが、本当に寄越《よこ》すとはな」

「はあ……?」

話がよく見えない。

「俺がこれまで、何度も婚約解消していることは聞いているだろう?」

「ええ、まあ……」

王侯《おうこう》貴族の縁談は、事前に相手方の調査を行うのが常識である。

「宰相は俺が婚約を反故《ほご》にできないように、既成《きせい》事実を作らせようとしている。『初夜を楽しめ』と言われたんだが、悪い冗談だと思って聞き流していた」

「初夜……」

ソランジュの口角がぴくりと引きつった。

「くだらないことをしてくれたものだ、あのバカ」

「あはは……」

ソランジュは曖昧《あいまい》な笑みを浮かべながら、肩のショールを胸元《むなもと》に引き寄せた。

(あの宰相様、爽やかな顔をして、やってることは外道《げどう》じゃないの!)

まるで、ソランジュが逃げ出すのを想定しているかのような周到《しゅうとう》さである。

「ふ、あ……」

アルベリクがあくびを噛《か》み殺《ころ》すのを見て、ソランジュは反射的に頭を下げた。

「す、すみません！　お休みのところを邪魔してしまって……！」

「気にしなくていい。普段もこの時分に目が覚めるからな」

（たしか、眠りが浅いって言ってた……毎晩そうなのかしら？）

ソランジュは無意識に膝を使ってアルベリクに近づいていた。

（顔色が悪いわ……）

本人は隠《かく》しているつもりでも、肌や唇から血の気が失われているのがわかる。

すると、アルベリクは眉間に皺を寄せて深緑色の目を細めた。

「なんだ？　まさか、一緒に寝たいとでも言うつもりか？」

「違うわよ！　自意識過剰な人ね！」

つい、反射的に言い返してしまった。しかも素《す》の口調で。

「あ……」

慌てて両手で口元を覆っても、もう遅《おそ》い。

「猫《ねこ》かぶりの王女か。うまく化けたものだ」

アルベリクは特に驚いた様子もなく、ふんと鼻で笑った。

（……そうだわ！）

ソランジュは咄嗟に不敵な笑みを浮かべ、アルベリクに向き直った。

「清楚で従順な姫君じゃなくて残念だったわね。わたしは、あなたの望むような王妃にはなれないわよ。結婚後は、国民の反感を大いに買うでしょうね」

ここでアルベリクが怒って婚約破棄してくれたら、ソランジュの思惑《おもわく》通りである。

（詐欺《さぎ》罪で訴えられませんように！）

心の中で両手を組んで祈《いの》っていると、アルベリクは「そうか」とだけ言って、ソランジュに背中を向けてベッドの端《はし》に横たわった。

（え？）

「寝る。王妃にふさわしいか決めるのは俺だ。きみじゃない」

（寝ちゃうの⁉ そんな……！）

ソランジュは行き場を失《な》くして周囲を見回し、紗幕の隙間《すきま》から抜け出そうと身じろぎした。その拍子《ひょうし》にベッドがかすかに揺れる。

「どこへ行く？」

背を向けたまま、アルベリクが問いかけた。

「床で寝るのよ」

答えると、アルベリクは寝返《ねがえ》りを打ってこちらを見た。夜着の襟元《えりもと》から覗く鎖骨《さこつ》が目のやり場に困る。

「きみはバカなのか？」

「外は護衛がいて自分の部屋に戻れないし、一緒に寝るなんて冗談じゃないもの。床しかないでしょ？」

「女性を床に寝かせられるわけがないだろう。もういい。俺が床で寝る」

アルベリクは面倒くさそうに言うと、身を起こした。

「待って！　仮にも王様にそんな真似《まね》させられないわ！　あの外道……じゃなくて宰相様に罰《ばっ》せられちゃう」

不敬罪で投獄《とうごく》されてもおかしくない。二度と祖国の土を踏めなくなる。

「じゃあ、きみはそっちの端で寝ろ。俺はこっち側で寝る。これだけ離れていれば怖《こわ》くないだろう？」

「別に、怖いわけじゃ……」

ソランジュがぼやいた瞬間、風が頬《ほお》をかすめた。

ほんの一瞬で、アルベリクが間合いを詰めてソランジュに顔を近づけていた。

少しでも動いたら唇が触れてしまいそうな距離。

「俺に何をされても怖くない……と解釈してもいいのか？」

アルベリクの唇からこぼれる吐息《といき》がソランジュの顎にかかる。

「……っ！」

ソランジュの頬が赤く染まった。

次の瞬間、無意識に手近なところにあった枕《まくら》を引っ掴《つか》み、大きく真横に振り抜いた。

「ぶっ」

ふかふかの枕がアルベリクの横《よこ》っ面《つら》に直撃《ちょくげき》した。そのまま倒れ込む。

「か、からかわないで！　わたしに指一本でも触れたら、今度は拳をくれてやるわよ！」

ソランジュは怒りと羞恥《しゅうち》で頬を真っ赤にして、握った拳を震わせた。

沈黙《ちんもく》。

（……あれ？）

ベッドの上に横たわるアルベリクが起き上がる気配がない。

「……あの、国王陛下？」

ソランジュはおそるおそる近づいて、アルベリクの顔を覗き込んだ。

すう……すう……。

（寝てる……？）

殴《なぐ》られて昏倒《こんとう》したわけではないと祈りたい。

（いけないわ！）

ソランジュは反射的にその場から飛びのいた。

眠る彼に触れたら、また夢の中に引きずり込まれる。

しかし、アルベリクは羽根布団《ぶとん》の上に倒れ伏《ふ》してしまったので、かけるものがない。

まさか、ロールケーキのように布団でぐるぐる巻きにしたり、ガレットのように折りたたんで包むわけにもいかず、ソランジュは途方《とほう》に暮れる。

「へ、陛下……」

ソランジュは、たった今アルベリクを殴った枕で、彼の肩をぽふぽふと叩《たた》いた。

「陛下〜、国王陛下〜。お布団に入らないと風邪引くわよ〜？」

「う……ん」

アルベリクは首をひねらせて低い声を漏らした。

それは次第に、苦痛をにじませたうめき声へと変化していく。

「……陛下？」

まただ。初めて会った庭園の時と同じ、何かにうなされている。

「……っく」

アルベリクは苦しげに眉根《まゆね》を寄せ、胸をかきむしるような仕草を見せた。

（毎晩、こんなふうに苦しんでいるの？）

ソランジュはいてもたってもいられず、持っていた枕を置いてアルベリクに手を伸ばした。

目の前でつらそうにしている人の苦痛をやわらげたい。

ただそれだけの思いで、アルベリクの手を両手で包み込んだ。

数日前と同様、アルベリクの夢の世界は鬱蒼とした森と、真っ暗な闇へと続く洞窟だけで構築されていた。

今夜は、洞窟の猛獣らしき気配は感じられない。

「……お前は一体、何者だ？」

洞窟の前で膝を立てて座り込むアルベリクは、羊のソランジュを見ると訝しげに目を細めた。

「王となってからこれまで、誰かが夢に出てきたことはない。なぜお前だけが俺の夢に現れる？」

ソランジュはたじろいだ。

レアリゼの守り神ヒュプノラから授かった「眠りと癒しの加護」については口が裂《さ》けても、たとえ全身の羊毛をむしり取られても言ってはいけない。

「ま、まあお気になさらず」

ソランジュは、ぽてぽてと四足歩行でアルベリクに近寄った。

「どうぞ、お茶でも召し上がって」

ソランジュがそう言うと、目の前にリネンのクロスとお茶菓子《ちゃがし》が出現した。陶器のカップからは、ほかほかと湯気が立ち上っている。

「なんだこれは？」

「タンポポ茶と胡桃《くるみ》のクッキーよ」

「……お前が作ったのか？」

「ええ、まあ」

加護の力を使って出現させたのだが、ソランジュがレアリゼの離宮で手ずから作ったものをイメージしているので、作ったといえば作ったことになる。

夢の中ではなんでもアリなのだ。

アルベリクは、タンポポ茶を一口すすった。

「うまい」

「本当に？」

羊のつぶらな瞳がきらきらと輝いた。

「よかったぁ……。実は、少し不安だったの。王様にこんな野草のお茶なんて出したら失礼じゃないかって」

「そんなことはない。このクッキーも、胡桃のほろ苦さと歯ごたえがとてもいい」

夢の中とはいえ、自分の作ったお茶とお菓子を誰かが食べてくれるのが嬉《うれ》しい。

ソランジュは、胸の中が温かくなるのを感じた。

「このお茶は、何か効能はあるのか？」

「冷えとむくみが改善されて血流がよくなるのよ。身体が温まってよく眠れると思うわ」

「なるほど」

アルベリクはうなずいて、もう一口お茶を飲んだ。

「これが夢なのがもったいないな。現実でじっくり味わいたい」

「じゃあ……」

わたしが作るわ、と言いかけてソランジュは口をつぐんだ。

「どうかしたか？」

「い、いいえ！　夢の外でも、おいしいお茶が飲めるといいわね」

ソランジュはごまかしながら、心の中で「お屋敷の前にタンポポが咲いていたら作ってみよう」とつぶやいた。一週間あれば乾燥《かんそう》させて茶葉にすることができる。

「夢の外か……」

ふと、アルベリクの表情が翳《かげ》った。

「婚約者と顔を合わせるのが憂鬱《ゆううつ》だ」

（なっ……！）

ソランジュは絶句した。

顔も見たくないのなら、婚約式の前に破談にしてくれたらよかったのに。

アルベリクは、クロスの上にカップを置いた。

「国のためとはいえ、出会って間もない女性を寝室に呼びつけてしまったことが申しわけなく、合わせる顔がない」

（えっ、そっち？）

「婚約式の時も、彼女を気遣うことができなかった。身体の調子が悪いとはいえ、男としてあってはならない」

（そんなふうに思っていたなんて……）

ソランジュは、自分こそ心の中で「感じ悪い！」と毒づいてしまったことを悔《く》やんだ。

「国王陛下は……」

「アルベリクでいい」

「ええと、アルベリク様は、何かの病気なの？　あの日もそうだったし、今も身体がつらそうだわ」

「守り神の加護によるものだ」

「加護……？」

ソランジュは首をかしげた。加護なのに苦痛を受けるとは、どういうことだろう。

「正確には代償《だいしょう》だな。コルドラ王国に繁栄をもたらす代わりに、王は守り神である黒竜ディオニールにこの身を捧《ささ》げる。黒竜は王の体内を棲《す》み処《か》にして生気を食《く》らう」

「そんなの、まるで王様が生贄《いけにえ》みたいだわ。理不尽よ」

「お前の言う通り、歴代の王は黒竜の生贄として生涯《しょうがい》を終える」

アルベリクは自嘲《じちょう》気味に口元だけで笑った。

「体調が悪くて眠れないのは、加護の代償のせいってこと？」

アルベリクはうなずき、背後の洞窟を親指で示した。

「あの奥に黒竜がいる。虫の居所が悪くなると暴れ出す厄介者だ」

「この前言ってた居候《いそうろう》って、コルドラの守り神様のことだったの……？」

「今はどういうわけか、死んだようにおとなしい。お前みたいな不可解な存在がいるおかげかもしれないな」

（わたしがいると黒竜が鎮まる……？）

ソランジュの持つ癒しの力が作用しているのだろうか。

「なんにせよ、感謝する。うまい茶菓子も出してもらったしな」

見れば、目の前にあるカップと皿は空っぽになっていた。

そして、アルベリクの頬に赤みが差して、表情もやわらかくなっている。

「それにしても、不思議だ」

「何が？」

「お前が夢に出てくる時は、とても身体が軽くなる」

（はっっ！　鋭い……！）

むやみにアルベリクの夢に潜ると、加護の力のことを知られてしまう危険性が高い。

（でも……）

ソランジュが彼の夢に潜ることで黒竜の暴走が鎮静化《ちんせい》するのなら、できる範囲《はんい》で癒したい。

「アルベリク様」

ソランジュは、アルベリクの膝にぺたりと前足で触れた。

「朝までぐっすり眠れるおまじないをするわね」

アルベリクの眠りを妨《さまた》げるものがなくなるように。健《すこ》やかに朝を迎えられるように。

（眠りと癒しの加護をアルベリク様にお与えください）

この時のソランジュは、彼を癒す反動で自分の身体が極度の疲労に襲われることに気づいていなかった。

淡い金色の光がアルベリクを包み込んだ瞬間、小さな羊の身体はその場にこてんと転がった。

「大丈夫か？　しっかりしろ！」

ソランジュが気を失う間際《まぎわ》、アルベリクが羊の身体を受け止めてくれた気がした。

揺り籠《かご》のように心地《ここち》よい浮遊《ふゆう》感の中、ソランジュは意識を手放した。

（アルベリク様がぐっすり眠れますように……）


なんだか、幸せな夢を見た気がする。

たくさん眠ったはずなのに、身体が重苦しい。

「ん……？」

視界が暗い。まだ夜明け前のようだ。

燭台の灯りはもう消えていて、何も見えない。

（重い……）

ふかふかなはずの羽根布団《ぶとん》が、なぜかゴツゴツしていて岩のように重い。

でも、とても温かい。

（……あれ？　わたし、昨夜はいつベッドに入ったっけ？）

頭をもたげた瞬間、ソランジュはすぐそばに人の気配を感じて喉の奥で小さく悲鳴をあげた。

「ひゃ……っ！」

闇の中に浮かぶ輪郭《りんかく》。頬にかかる吐息。自分のものではない心音、人肌《ひとはだ》の温《ぬく》もり。

「ん……」

男性の艶《つや》っぽい寝息《ねいき》がソランジュの耳朶《みみたぶ》をくすぐった。

（アルベリク……様⁉）

羊のおまじないが効いたのか、ぐっすりと眠るアルベリクはソランジュの身体をぎゅっと抱きしめていた。

人生で初めて男の人に抱きしめられて、ソランジュは頭の中が真っ白になった。

「ひえ……」

ソランジュが反射的に身じろぐと、アルベリクは寝ぼけて抱きしめる腕にさらに力をこめた。

逃げ出そうにも、身体が疲れきっていて思うように動かない。

アルベリクを癒した反動のようなものだろうか。

これまでこんな風に力が抜けるということはなかった。

されるがままに抱きしめられて頭の中が混乱しかけているところへ、寝室の扉が開かれた。

「国王陛下。お目覚めの時間でございます」

サリナの声だった。ソランジュは藁《わら》にもすがる思いで、彼女が近づいてくるのを待つ。

「失礼いたします」

ひかえめな声と共に紗幕が開かれた。

「サリナさん……たすけて」

「……ごゆっくりどうぞ。畑仕事は我々が代わっておきますので」

「え、ちょっ……！」

サリナは、温かい微笑みを浮かべたまま紗幕を閉じて、静かに寝室から出て行った。

（誤解された！　今絶対誤解されたわ！）

追いかけようにも身動きがまったく取れない。

ソランジュはアルベリクが目を覚ますまでの間、ひたすら羞恥に耐え続けた。

第3章 極上の癒し

「国王陛下がご婚約《こんやく》？」

グレース・ブロンデル侯爵令嬢《こうしゃくれいじょう》は、猫《ねこ》のような吊《つ》り目をさらに吊り上げた。

「相手はレアリゼ王国の末王女らしい。すでに婚約の儀《ぎ》を済ませ、陛下の御所《ごしょ》で一緒《いっしょ》に暮らしているそうだ」

「なんですって……？」

王宮勤めから帰宅した兄の報告に、グレースは華奢《きゃしゃ》な肩《かた》をわなわなと震《ふる》わせた。

「陛下の元婚約者であるお前には、一応知らせておくべきだと思ったんだが……」

入念に巻かれたグレースの髪《かみ》が蛇《へび》のようにうごめくのを見て、兄のロビンはぎょっとした。

「お兄様。レアリゼ王国とやらの王女は、陛下の奥方《おくがた》にふさわしい女性なのかしら？」

「俺はまだ直接見ていないが、聞いた話だと、妃《きさき》選定のパーティーで陛下が見初《みそ》めて、その場でパーティーがお開きになったらしい」

バキッ。

グレースが手にしていたティーカップの持ち手がもげた。

「陛下……アルベリク様の妻となるのにふさわしいか、わたくしが直接、この目で確かめて差し上げないといけませんわね」

紅を引いた唇《くちびる》が三日月の形を作る。兄の目には、グレースの形相が幻想怪奇《げんそうかいき》小説に出てくる大蛇《だいじゃ》の化け物に見えた。

「どこの馬の骨とも知れない女に、アルベリク様は渡《わた》しませんわ」

婚約式の翌朝。同居生活一日目。

せっかく用意してもらった畑仕事用の作業着一式は出番がないまま、ソランジュとアルベリクが朝食をとったのは朝の九時だった。

食器の音だけが響《ひび》き渡る。

(気まずい……)

細長い食卓《しょくたく》で向かい合わせに座る二人は、互《たが》いに目を合わせることができない。

夢の中で力を使い切《き》ってしまったソランジュは、ぐったりと身動きが取れない状態でアルベリクに抱《だ》きしめられ、彼が目覚めるのを待った。

羊がほどこした癒《いや》しの加護によって、アルベリクはぐっすりと眠《ねむ》れたのか目覚めるのがとても遅《おそ》かった。

窓から朝日が燦々《さんさん》と射《さ》し込む頃《ころ》、まぶたを開けたアルベリクは腕《うで》の中で涙目《なみだめ》になって顔を赤くしているソランジュを見て、弾《はじ》かれたように起き上がって平謝《ひらあやま》りした。

「すまない、寝《ね》ぼけていた！」

「い、いいえ……おかまいなく」

「心から謝罪する。まだ結婚《けっこん》もしていないのにこんな……！」

そんなやり取りをしているところへ、サリナ率いるメイド軍団がニヤニヤしながら寝室《しんしつ》に現れて、気まずさは倍増したのだった。

今朝の献立《こんだて》は、生みたての玉子をふんだんに使ったふわとろチーズオムレツ、豆のポタージュ、白パン。デザートは胡桃《くるみ》のミニケーキだった。

オムレツは口の中でやわらかくほどけて、バターとチーズの香りがふんわりと広がる。

「おいしい……」

あまりのおいしさに、ソランジュは思わず声に出してしまった。

「ご、ごめんなさい。お食事中に」

淑女《しゅくじょ》は本来、物音を立てずに黙《だま》って料理をいただくもの。

「構わない」

顔を上げると、真向かいの席でアルベリクがやわらかい笑《え》みを浮《う》かべていた。体調が悪い時の怖《こわ》い顔も超絶《ちょうぜつ》美形だけれど、表情がやわらぐと破壊《はかい》力が倍増して心臓に悪い。

「公《おおやけ》の食事会では咎《とが》められるだろうが、ここでは好きに過ごすといい。料理人も喜ぶ」

見ると、壁際《かべぎわ》にひかえていた料理人が拳《こぶし》を握《にぎ》りしめて喜びを表現していた。

「は、はい……ありがとうございます」

「それから、敬語はいらない。昨晩のように、ありのままの姿を見せてくれ」

枕《まくら》で顔面を殴《なぐ》ってしまったことを思い出して、ソランジュはいたたまれない気持ちになった。

「昨晩……」

「ありのままの姿……」

「コルドラ王国は安泰《あんたい》だわ……！」

離《はな》れたところでメイドたちが小声で話すのが聞こえた。

何かとんでもない誤解を受けている気がするけれど、ソランジュは聞かなかったことにした。

「ソランジュ。きみに伝えておくことがある」

「なんでしょうか？」

ソランジュはカトラリーを一旦《いったん》置いて、アルベリクに向き直った。

「敬語」

「うっ……。な、何かしら？　国王陛下」

「名前」

（名前も⁉）

ソランジュは頬《ほお》を真っ赤に染めてアルベリクを見つめた。

「な、なあに？　アルベリク様……」

男の人と気安い口調で名前を呼び合うのが初めてで、どんな顔をしたらいいかわからない。恥《は》ずかしくて耳まで熱くなってきた。

（お姉様たちも、こんな拷問《ごうもん》みたいな恥ずかしい思いをしてきたのかしら？）

それぞれ夫と婚約者のいる姉たちを思い浮かべて、ソランジュは尊敬の念を抱いた。

視界の端《はし》では、メイドたちが温かい眼差《まなざ》しでこちらを見守っている。

真正面のアルベリクと目が合うと、満足そうな微笑《ほほえ》みを向けられた。

「早速《さっそく》だが、今日から本宮へ赴《おもむ》いて王妃《おうひ》教育を受けてもらう。結婚式の準備もあって忙《いそが》しい思いをさせるだろうが、必要なことだ」

（王妃教育……）

婚約破棄《はき》する気でいるソランジュにしてみれば、経費と時間を浪費《ろうひ》させてしまうのが心苦しい。

でも、ここで拒否《きょひ》したら「レアリゼの王女は怠惰《たいだ》なタダ飯食らい」という悪評が立ち、祖国の家族に迷惑《めいわく》がかかる。

とりあえず、形だけでも授業を受ける姿勢を見せておかなくては。

「それと、俺は今日から一週間、地方の視察に出かける」

（一週間も……？）

アルベリクが不在では、婚約破棄のきっかけを作る機会が激減してしまう。

ソランジュが黙り込んでいると、アルベリクはすまなそうに眉尻《まゆじり》を下げた。

「婚約して早々、留守にしてすまない。心細い思いをさせてしまうことになるが……」

何やら勘違《かんちが》いさせてしまったらしい。ソランジュは心細さなんて毛ほども感じていない。むしろ気楽に過ごせると思っている……なんて絶対に言えない。

「き、気をつけて行ってきてね。留守番はまかせて」

ソランジュは胸の内を悟《さと》られないよう、笑《え》みを浮かべて言った。

朝食後、自室に戻《もど》ったアルベリクは地方への出立がひかえているのに、脱力《だつりょく》してソファに座り込んだ。

（あんなに健気《けなげ》で謙虚《けんきょ》で可愛《かわい》らしい女性は初めて見た）

額に手を当てて息を吐《は》き出《だ》す。ソランジュの思いとは裏腹《うらはら》に、アルベリクはしっかりとソランジュに惹かれていた。

アルベリクの言葉の一つ一つに表情をころころ変えて、目が離せなかった。

これまでの婚約者たちは、食事が貧乏《びんぼう》くさいだの品数が足りないだのと料理人に文句を言っていたのに、ソランジュは幸せそうに「おいしい」と言って食べていた。

屋敷《やしき》を留守にすると伝えた時の寂《さび》しげな表情には、心臓を鷲掴《わしづか》みにされた気分だった。

正直、婚約式の時は彼女に対してなんの感情も抱いていなかったが、今は遠征《えんせい》に出るのを少しだけ躊躇《ちゅうちょ》している。

なぜ、今日から一週間なのかと自分に問いかける。

婚約に対してまったく乗り気ではなかった過去の自分が、手当たり次第《しだい》に公務の予定を入れたせいである。

（一週間の辛抱《しんぼう》だ）

アルベリクは立ち上がり、用意されていた遠征用の服に着替《きが》え始めた。

屋敷の前に迎《むか》えの馬車が到着《とうちゃく》した。練兵場の騎士《きし》たちと合流して、視察先へ向かう予定だという。

「アルベリク様。これを持って行って」

玄関《げんかん》を出ようとしたアルベリクに、ソランジュが布の小袋《こぶくろ》を手渡《てわた》した。

「これは？」

小袋からはラベンダーの香りがほのかにただよっている。

リネンに香水《こうすい》をしみ込ませたものを折りたたんで小袋に詰《つ》めた、簡易的なサシェだ。

「旅のお守りみたいなものよ。アルベリク様が旅先でよく眠れるように」

ラベンダーの香りには、心身を落ち着かせて睡眠《すいみん》をうながす効能が期待できる。

ほんの気休め程度だけれど、黒竜《こくりゅう》の呪《のろ》いが少しでもやわらぐようにと願いをこめた。

「ありがとう、ソランジュ。肌身離《はだみはな》さず持ち歩く」

アルベリクは嬉《うれ》しそうに微笑むと、サシェを懐《ふところ》にしまった。

ソランジュはアルベリクを喜ばせようとか、機嫌《きげん》を取るためにサシェを作ったわけではない。黒竜の悪夢にうなされている姿を覚えているから、苦しむことなく健《すこ》やかに眠ってほしいと思っただけ。

「全然、大層なものじゃないの。いらなくなったら捨ててね」

「まさか。香りが消えてもずっと持ち歩くぞ」

アルベリクはおかしそうに笑うと、少しかがんでソランジュと視線を合わせた。深い森の色をした瞳《ひとみ》が至近距離《きょり》で見つめてくる。不意打ちを受けたソランジュは、息をするのを忘れそうになった。

「行ってくる」

「……行ってらっしゃい」

アルベリクを乗せた馬車は練兵場へ向かって出発した。

ソランジュは、頬に手をぺたりと当てた。

(熱い……変なの)

「ソランジュ様も、そろそろ本宮へ向かうお支度《したく》をなさいませんと」

リディアに声をかけられて、ソランジュは慌《あわ》てて屋敷の中へ戻った。

歩きやすい踝丈《くるぶしたけ》のワンピースに着替え、馬車で本宮へ移動する。

お見合いパーティーの日から婚約式までの十日間、本宮の客間で過ごしていたので、感覚としては「戻ってきた」という気分だった。

(お天気がいいから畑仕事がしたかったわ。タンポポ茶の仕込みもしたいし……)

馬車に揺《ゆ》られながら、ソランジュは小さくため息をついた。

明るいうちに屋敷へ帰れたら、急いでタンポポの葉を採取して茶葉の仕込みをしよう。アルベリクが帰るまでにおいしい茶葉ができあがるように。

ソランジュは出迎《でむか》えの女官に案内されて、まずは宰相《さいしょう》の執務《しつむ》室を訪《おとず》れた。

「ようこそいらっしゃいました。ソランジュ王女殿下《でんか》。今日から王妃教育が始まるということで、簡単にご説明させていただきますね」

ソランジュは、宮廷《きゅうてい》作法やダンスなど、習い事のようなものを想像していた。

宰相のリュカはにっこりと爽《さわ》やかな笑みを浮かべて口を開いた。

「ソランジュ様に学んでいただくのは、コルドラの地理、歴史、政治、経済、生物学、農業、漁業、醸造《じょうぞう》、林業、外交……こんなところですかね」

「そ、そんなに？」

ソランジュは、出された紅茶を飲むのも忘れて茫然《ぼうぜん》とした。

「あと、一般《いっぱん》教養として古典文学、美術、音楽。それから宮廷内の勢力図を一通り覚えていただいてからの、お作法の稽古《けいこ》になります」

科目を聞いただけで、頭が破裂《はれつ》しそうだった。

「まあ、一日で全部詰め込むわけではないので。一か月かけてじっくり、みっちりと、こなして行きましょう」

リュカの笑顔から「できて当たり前です」と言わんばかりの圧を感じる。

(わたし、やって行けるかしら……?)

「ところで、ソランジュ様」

リュカは爽やかな笑みをたたえたまま、口角をさらに上げた。

「昨夜はよくお休みになれましたか?」

(そうだったわ。宰相様のせいで昨夜は偉《えら》い目に遭《あ》わされたんだった……!)

ソランジュは口元を引きつらせつつ、優美な笑みを保つ。

「おかげ様で、ぐっすりと」

「それは、ようございました」

含《ふく》むようなものの言い方に、ソランジュは膝《ひざ》の上で拳をギリギリと握りしめた。

(この腹黒宰相……っ!)

「昨夜は私が少々先走ってしまったようで、先ほど陛下からお小言をいただきました。

『婚約者を困らせるな』と」

リュカは思い出し笑いを浮かべながら言った。

「アルベリク様が?」

「なぜか、あなたが陛下のおそばにいらっしゃると、普段《ふだん》の不調がやわらぐようなのです。

できる範囲《はんい》で構いませんので、寝所《しんじょ》を共にしていただけませんか？」

先ほどまでの人を食ったような微笑みから一転、リュカは真摯《しんし》な眼差しでソランジュに訴《うった》えかけた。

「ソランジュ様のおそばで眠ると、安心なさるそうですよ」

「アルベリク様がそんなことを……？」

ふと、今朝ベッドで目覚めた時の光景が脳裏《のうり》によみがえった。

二人とも薄《うす》い生地《きじ》の夜着で、まるで抱き枕のように強く抱きしめられて、体温が生々しく伝わってきて……恥ずかしさで死ぬかと思った。思い出すだけで顔が熱くなる。

（あれを毎晩……？　身が持たないわ）

真っ赤になった顔を両手で覆《おお》うソランジュに、リュカが慌てて言い添《そ》えた。

「無理にとは申しませんので、三日に一回くらいで……なんとか」

「そ、それくらいなら……精神統一すれば、なんとか」

ソランジュは顔を赤く染めたまま、こくりとうなずいた。

アルベリクの苦痛をやわらげるためと思えば、少しくらいの恥ずかしさには耐《た》えられるはず……たぶん。

「陛下を、どうかよろしくお願いいたします」

リュカは、臣下というよりも兄のような眼差しで深く頭を下げた。

王妃教育は、複数の講師が持ち回りで授業を行う。

科目と単元の多さに始まる前は及《およ》び腰《ごし》になっていたソランジュだったが、午前の授業が終わる頃には目を輝《かがや》かせて講師の話に聞き入っていた。

（はっ、先生方の講義がわかりやすくて面白《おもしろ》いから、つい熱中しちゃった）

別室に用意された昼食をおいしくいただいて（あらかじめ、おかわりが用意されていた）、午後の授業が始まった。

「はじめまして、ソランジュ王女殿下。午後の授業を担当いたします、マルセル・エナンと申します」

午前の講師陣《じん》は皆《みな》、壮年《そうねん》の男性だったが、今度の講師は物腰《ものごし》のやわらかそうな青年だった。服装は明るい空色の上下に白いタイ。肩まで伸《の》びた髪は晴れた日の雪景色のように青みがかった銀色で、優《やさ》しげな双眸《そうぼう》は海のように深い青色をしていた。

「お初にお目にかかります。ソランジュ・レアリゼと申します。どうぞよろしくお願い申し上げます、マルセル先生」

ソランジュはワンピースの裾《すそ》をつまんで淑女の礼をとった。

「ほかの先生方から、『ソランジュ様は勉学に対する姿勢が前向きで素晴《すば》らしい』と聞き及んでいます。さすがは国王陛下のお選びになった女性ですね」

「お、恐《おそ》れ入《い》ります」

あまりの褒《ほ》めように、ソランジュはぎこちない微笑みを浮かべた。

(本当はそれほどやる気がないなんて言えないわ。先生方の教え方がお上手で、お話が楽しいから、つい聞き入っちゃうのよね)

「リュカから聞きました。あの量の学習課程を一か月で覚えさせろだなんて、悪魔《あくま》の所業ですね」

マルセルは優美な笑みを浮かべながら、さらりと言った。

「わかりますか？　そうなんですよ、あの腹黒宰相といったらもう……！」

そこまで言って、ソランジュは「あっ」と口を手でおさえた。

「大丈夫《だいじょうぶ》。リュカにもアルベリクにも内緒《ないしょ》にしておきます」

マルセルは、人差し指を口元に添えて「秘密」と囁いた。

「先生は、国王陛下や宰相様と親しいんですか？」

「二人とも長い付き合いですよ。特にアルベリクは同い年だから、子どもの頃からよく知った仲です」

「そうだったんですか」

相槌《あいづち》を打つソランジュに、マルセルは悪戯《いたずら》っぽい笑みを浮かべた。

「ちなみに、アルベリクは昔から無愛想で、リュカは腹黒でしたよ」

「へ、へえ……？」

笑っていいところなのか判断が難しい。ソランジュは曖昧《あいまい》な笑みを浮かべた。

「二人とも自分の評判なんて二の次で、王国のことを考えるのが最優先ですから。似た者同士なんです」

「お二人とも、とても立派な人ということですね」

ソランジュがそう言うと、マルセルは驚《おどろ》いたように目を見開いて、次に嬉しそうに微笑んだ。

「ええ。自慢《じまん》の国王と宰相です」

午後の授業もソランジュは熱心に受けた。数日経《た》つ頃には「国王陛下の婚約者は、非常に聡明《そうめい》で探究心のある立派な女性である」という噂《うわさ》が王宮中を駆《か》け巡《めぐ》るのだが、本人の知るところではない。

マルセルの授業の後はテーブルマナーの稽古を一時間受けて、まだ空が明るいうちに離れの屋敷へ帰ることができた。

ソランジュは大急ぎで作業用のエプロンドレスに着替えて、タンポポの葉を採取した。

「まあ、ソランジュ様。タンポポの葉をこんなにどうされるのですか？」

様子を見に庭へ出てきたサリナが尋《たず》ねた。

「茶葉にするのよ。タンポポ茶はとても身体《からだ》にいいの。乾燥《かんそう》させるのに一週間かかるから、アルベリク様が帰ってくる頃にはちょうど飲み頃になるわ」

「国王陛下のためにお作りに？」

「そうよ。アルベリク様がよく眠れるように。このお庭には薬草も生えているみたいだから、何種類か試《ため》しに茶葉を作ってみようと思うの」

レアリゼの離宮《りきゅう》では、日常的に野草茶や薬草茶を自分で作っていた。普段の生活が戻ってきたようで、ソランジュは心が躍《おど》る。

「えっ、サリナさん？　どうしたの？」

顔を上げると、サリナは涙《なみだ》ぐんでいた。

「これまでの婚約者の方々は、どなたも陛下のために何かしようとはなさいませんでした。ソランジュ様の健気なお姿に、つい涙腺《るいせん》が……」

サリナは口元を手で覆って嗚咽《おえつ》を漏《も》らした。

「泣かないで、サリナさん」

ソランジュは立ち上がって、ポケットからハンカチを取り出して渡した。

「こんな老いぼれに、なんてお優しい……」

当たり前のことをしているだけなのに、この屋敷の人たちはどうして、いちいち感動するのだろう。

（前の婚約者の人たちって、そんなに怖い人たちだったのかしら？）

ソランジュが不思議に思っていると、遠くから馬車の音が近づいてきた。

「どなたかしら？」

門のほうを見やると、王族と遜色《そんしょく》ないほどに豪奢《ごうしゃ》な装飾《そうしょく》の馬車が現れた。

（うわあ……派手な馬車）

装飾過多な馬車は屋敷の前で停《と》まった。

御者《ぎょしゃ》が素早《すばや》く降りて、扉《とびら》の前に踏《ふ》み台《だい》を用意する。

恭《うやうや》しく開けられた扉から、バサァァァァ……ッという効果音が聞こえそうなほどに派手なドレスの裾がはみ出す。

螺鈿《らでん》の装飾がほどこされた踏み台に、ギラギラとした飾《かざ》りのついた靴《くつ》が載《の》せられ、馬車の中から一人の女性が降り立った。

レースとフリルをふんだんに使った真っ赤なドレスに真っ赤な靴。美しい光沢《こうたく》を放つピンクブロンドの髪は、今ではめずらしい前時代的な縦ロール。長い睫毛《まつげ》に縁《ふち》どられた赤《あか》紫色《むらさきいろ》の瞳は、見るからに自信に満ちあふれている。

一昔前の貴族令嬢を絵に描《か》いたようなその女性は、ド派手な羽根扇《おうぎ》をはためかせながら一歩前へ出た。

「ごきげんよう」

女性は、尖《とが》った顎《あご》をつんと上に向けて優美な笑みを浮かべた。

「ご、ごきげんよう」

ソランジュは、ド派手な出《い》で立《た》ちに圧倒《あっとう》されていた。

「グレース様……。本日はどのようなご用向きでしょう？　国王陛下はご不在ですが」

声をあげたのはサリナだった。いつの間にか涙を拭《ふ》いて、背筋をピンと伸ばしている。

「もちろん存じておりますわ。アルベリク様のご予定はすべて把握《はあく》しておりますもの」

グレースと呼ばれた女性は、ふんと鼻で笑った。

「今日は、アルベリク様の婚約者とやらの顔を見に来ましたの。いらっしゃるかしら？」

「わたしです」

ソランジュが手を挙げると、グレースは小首をかしげた。

「わたくしは、アルベリク様の婚約者に用があると申しましたのよ。メイドに用はありませんわ」

「ですから、わたしがアルベリク様の婚約者です」

「あなたが？　レアリゼから来た王女様ですって？　わたくしをからかっているの？　王家の姫君《ひめぎみ》が、そんなみすぼらしい格好で泥《どろ》にまみれているわけがありませんわよ。バカにしないでちょうだい。失礼なメイドですこと」

グレースは虫を見るような目でソランジュを睨んだ。

ソランジュは自分の服装と土に汚《よご》れた両手を見て、「あっ」と声をあげた。

「ごめんなさい！　今すぐ着替えてきます！　サリナさん、お客様をご案内して」

「かしこまりました」

グレースの案内をサリナにまかせて、ソランジュは屋敷の中へ駆け戻った。


ソランジュは顔と手足の汚れを落として、先ほど王宮で着ていたワンピースに着替えた。急いで髪をととのえて応接室へ向かう。

グレースは、優雅《ゆうが》な所作で紅茶に口をつけていた。寸分の隙《すき》もない完璧《かんぺき》な動作に、ソランジュは思わず見とれた。

「先ほどは失礼いたしました。あらためまして、ソランジュ・レアリゼと申します」

「わたくしは、グレース・ブロンデルですわ。二年前にアルベリク様と婚約をしておりましたの」

グレースは、なぜか勝《か》ち誇《ほこ》ったような笑みを浮かべている。

（元婚約者の方が、なんのご用かしら？）

ソランジュはグレースの向かいに腰《こし》を下ろした。リディアがソランジュの前に淹《い》れたての紅茶を用意する。

「グレース様。おかわりはいかがですか？」

「いただくわ」

グレースのカップにも紅茶が注がれ、湯気がふわりと立ち上る。

リディアが一礼して下がったのを確認《かくにん》すると、ソランジュはグレースに問いかけた。

「わたしに何かご用でしょうか？」

「これといった用はありませんのよ。アルベリク様の新しい婚約者の方が、このお屋敷でどのような暮らしをなさっているのか気になりましたの」

ソランジュは瞬《まばた》きを繰《く》り返《かえ》した。

（たしか、グレース様ってここでの生活が嫌《いや》で出て行った方よね？　わざわざ足を運ぶ理由がわからないわ）

ソランジュが黙っていると、グレースは赤紫色の目を細めて微笑んだ。

「あのように土にまみれる生活は、さぞかしおつらいでしょう？　よくわかりますわ」

「え？　わたしは別に、つらいなんて……」

「虚勢《きょせい》など張らなくてよろしくてよ」

ソランジュが言い終える前にグレースが口を挟《はさ》んでくる。

「社交界で生きるために教育されてきた淑女に野良《のら》仕事を強《し》いるなんて、アルベリク様ったら配慮《はいりょ》が足りていませんわ」

（わたしが好きでやっているんだけど）

彼女は何が言いたいのだろう。

（もしかして、わたしのことを心配してくれているの？　会ったこともない婚約者の暮らしが気になって、わざわざここまで来てくれたの？）

ソランジュは薄紫《うすむらさき》色の瞳を輝かせ、身を乗り出した。

「この生活が嫌になったらいつでも出て……」

「グレース様、ありがとうございます！」

「……は？」

ソランジュは手を伸ばし、グレースの手を両手で握った。

「見ず知らずのわたしの心配をしてくださって、とても嬉しいです。グレース様って優しい方なんですね！」

「あなた、何を言って……？」

想定外の返しに戸惑うグレースに、ソランジュはさらに言葉を続けた。

「アルベリク様がお帰りになったら伝えておきますね。グレース様がとても親切にしてくださったって」

「え、ええ……」

ソランジュはグレースの手をしっかりと握りしめ、曇《くも》りのない眼差しで言った。

「どうか、また遊びに来てください。グレース様は、わたしがコルドラに来て初めてできたお友達です」

「お、お友達ですって？」

グレースはソランジュの手を振《ふ》り払《はら》って声をあげた。

「わ、わたくしは、あなたなんかと馴《な》れ合《あ》うつもりはありませんことよ！」

「そうなんですか？」

ソランジュはきょとんとして聞き返した。

「今日はこれで失礼しますわ」

グレースは立ち上がり、早足で扉へ向かった。ソランジュが慌てて後を追う。

玄関ホールでグレースは一度立ち止まった。

「ごきげんよう、ソランジュ様。アルベリク様にくれぐれもよろしくお伝えくださいませね」

見る者が見れば宣戦布告だとすぐにわかるのだが、察しの悪いソランジュは無邪気《むじゃき》に微笑みを返した。

「グレース様。またのお越《こ》しをお待ちしています。次にいらっしゃる時は、わたしがお菓《か》子《し》を焼きますね」

グレースはド派手なドレスの裾をさばき、ド派手な馬車に乗り込んで去って行った。

(お友達ができちゃった)

去って行く馬車を見送りながら、ソランジュは頰をゆるませた。

期間限定の婚約生活は、思ったよりも楽しいものになりそうな気がした。

翌朝、ソランジュは数日ぶりにすがすがしい気持ちで目を覚ました。

夜明けと共に畑に出てメイドたちと作物の世話をして、ニワトリ小屋から生みたての玉子をいただき、そろそろ時季の終わるタンポポの花を摘《つ》んでシロップを作った。

厨房《ちゅうぼう》に早摘みのレモンがあったので、いくつか分けてもらってシロップに果汁《かじゅう》を入れてみた。念願のタンポポシロップの完成形ができあがった。

たくさん作ったので瓶詰《びんづめ》にして使用人全員に配ったら、なぜか感動して泣かれた。

朝食の席に、さっそくソランジュのタンポポシロップを使ったミートパイが出された。

(まさかアルベリク様も土いじりが好きだったなんて……おかげでタンポポ茶もつくれたし、今度味見してもらいたいな)

シロップは日持ちがするので、アルベリクが帰って来たら同じものを作ってもらえるよう料理人に頼《たの》んでみよう。

（ミートパイに入っているニンジンはきっと畑のものね。アルベリク様が大切に育てたお野菜、おいしい）

ソランジュは食事の間ずっと、無意識にアルベリクのことばかり考えていた。


本宮での王妃教育の休憩《きゅうけい》時間、書物を読んで授業の復習をしているソランジュのところへ、思いもよらない客人がやってきた。

「ごきげんよう、ソランジュちゃん。遊びに来ちゃった」

「お義姉様《ねえさま》～」

上質な布地と洗練されたデザインのドレスを身にまとった、絶世の美女が二人。

「王太后様、ベルティーユ王女様……！」

驚くソランジュに、二人は拗《す》ねたように口を尖らせた。

「その呼び方、距離を感じるわ」

「わたしも」

「え？」

広い円卓《えんたく》の空いている椅子《いす》に素早く座ったレティシアとベルティーユは、ソランジュを左右から挟む形で詰め寄った。

「レティシアって呼んで」

「ベルって呼んで」

「えええええ……？　そんな、畏《おそ》れ多《おお》いです、無理です……！」

ソランジュが首を横に振ると、二人は明らかに不機嫌《ふきげん》そうに顔をゆがめた。美女の原形をとどめていない。

「……レティシア様」

「はあい」

「……ベル様」

「本当は『様』もいらないのだけど、まあいいわ」

観念したソランジュに、レティシアとベルティーユは満足げに微笑んだ。

「ねえ、ソランジュちゃん。今日のこれからの授業はすべてお休みにするように私が言っておくから、一緒にお茶をしましょう？」

「ええっ？」

授業をさぼるなんて、準備をしてくれている先生たちに申しわけない。

でも、レティシアたちの招待を断るのも心苦しい。

「ええと、アルベリク様にご迷惑がかからないのでしたら……」

「全然、あの子のことは気にしなくていいのよ～。さあ、善は急げよ。行きましょう」

「さあ、お義姉様」

二人はソランジュを立たせ、背中を押して部屋を出た。

あれよあれよという間に本宮の外に出て、瀟洒《しょうしゃ》な二頭立ての馬車に乗せられた。

「あの、どちらへ……？」

「東の離宮。私たちの住まいよ」

おそるおそる問いかけるソランジュに、レティシアは妖艶《ようえん》さと幼さを併《あわ》せ持《も》つ不思議な微笑みを浮かべて言った。

馬車はやがて、大きな池に面した白亜《はくあ》の城に到着した。

池の水面が鏡のように城を映し出す様子が美しい。

馬車を降りて、離宮の中へと案内される。荘厳華麗《そうごんかれい》な本宮と違《ちが》い、東の離宮と呼ばれるこの城は淡《あわ》い色を基調とした内装が優美な印象を与《あた》えた。

二階の応接間へ通されると、ソランジュは室内の光景に驚いて足を止めた。

十体ほどのトルソーがずらりと並んでいて、そのどれもが華《はな》やかで可愛らしいドレスを着ていた。ドレスの色は、白いものが多いように感じられた。

「素敵《すてき》なドレスがたくさん……。これは、ベル様のドレスですか？」

ソランジュが尋ねると、二人はころころと笑った。

「これは、お義姉様のドレスよ」

「わたし!?」

「ふふっ、ソランジュちゃんの花嫁衣装《はなよめいしょう》よ～」

「は、花嫁衣装っ!?」

目を白黒させるソランジュをよそに、二人はトルソーに着せてあるドレスを楽しそうに眺《なが》める。

「結婚式までたった一か月しかないんだもの。わたしがデザインして、お母様が王都で一番人気の仕立て職人のスケジュールを押さえたの」

「え？　ベル様がデザインしたんですか？　全部？」

「そうよ。わたしの本職はデザイナーなの。王女は副業ね」

ベルティーユは冗談《じょうだん》めかして言いながら、華奢な両手を腰に当てて胸を張った。

「すごいです……」

ソランジュは作りかけのドレスをうっとりと眺めた。

でも、こんなに素敵なドレスを準備してもらっても、ソランジュがこの衣装に袖《そで》を通すことはきっとない。

自分は、たくさんの人たちの真心を踏みにじってしまっている。胸が痛い。

ソランジュがうつむいていると、レティシアがそっと腕に触《ふ》れてきた。

「それでね、ソランジュちゃん。今日はお茶会って言ったけど、ごめんなさいね。あれは嘘《うそ》よ」

「本当はドレスの仮縫《かりぬ》いをするのよ。そろそろ職人さんが来るわ」

「えええ……っ？」

抵抗《ていこう》する間もなく、仕立て職人の女性と助手たちが来訪した。

ソランジュは身ぐるみを剝《は》がされ、マネキン人形のようにじっと立ちつくし、針を向けられ、また着替えるという動作を十回以上繰り返した。

仮縫いが終わる頃にはすっかり疲れ果ててしまった。

「ソランジュちゃん。ドレスができあがったら試着しに来てね」

「お義姉様、ごきげんよう」

レティシアとベルティーユは、ソランジュよりも動き回っているはずなのに、別《わか》れ際《ぎわ》もまだ元気溌溂《はつらつ》としていた。

（お二人とも、とんでもない体力だわ……！）

ソランジュは帰りの馬車の中で屍《しかばね》のように眠りこけた。

忙しくも充実《じゅうじつ》した日々を過ごしているうちに、一週間が過ぎた。

アルベリクが地方の視察から戻ってくる予定の日である。

ソランジュは早朝の畑仕事を終えると、厨房のスペースを借りて胡桃のクッキーを焼いた。そして、先日から仕込んでいたタンポポの茶葉ができあがったので、いつでも淹れられるように準備をととのえた。

今日の王妃教育の授業は、リュカの計らいで休講となっていた。

昼前に、アルベリクを乗せた馬車が屋敷に到着した。

庭に出て待っていたソランジュは、小走りで馬車に駆け寄った。

「アルベリク様。おかえりなさい！」

「……ああ。今帰った」

馬車から降りたアルベリクの顔は疲労困憊《ひろうこんぱい》といった様子だった。

目の下には、やはり青黒いクマがうっすらと浮かんでいる。

この一週間、黒竜の悪夢に眠りを妨《さまた》げられていたのだろう。

言葉を失うソランジュの前を素通《すどお》りして、アルベリクは重たげな足取りで屋敷へ向かって歩く。

「国王陛下。軽食をご用意いたしましたので、のちほどお部屋へお持ちいたします」

サリナが恭しく頭を下げて言った。

「三十分後に頼む」

ソランジュは、アルベリクの背中が屋敷の中へ消えていくのを黙って見守ることしかできなかった。

（あのお守りは、気休めにもならなかったのね）

夢の中でほどこした癒しの加護も、時間が経てば効果が消えてしまう。

自分はどこにいても役立たずなのだと思い知らされた。

せめて、彼のために作ったタンポポ茶だけでも飲んでもらいたい。

ソランジュは背筋を伸ばして気合いを入れると、小走りで厨房へ向かった。


ソランジュはサリナと一緒にお茶と軽食の用意をして、二人でアルベリクの部屋まで運んだ。

「国王陛下。軽食をお持ちいたしました」

サリナの声に、部屋の中から「入れ」と返事があった。

ソランジュはトレイを捧《ささ》げ持って、慎重《しんちょう》に室内へと運び入れた。サリナは外側から扉をそっと閉めた。

部屋着に着替えたアルベリクは、ぐったりとソファにもたれかかっていた。

「アルベリク様。ここに置いておくわね。食べられる時に食べて」

「……ソランジュか」

アルベリクは目を開け、緩慢《かんまん》な動作で身体を起こしてテーブルに着いた。

「わざわざすまない。すぐに食べる」

悪夢の影響《えいきょう》で表情は殺伐《さつばつ》としているけれど、かけられた言葉は優しかった。

ソランジュは嬉しい気持ちを隠《かく》して、カップにタンポポ茶を注いだ。

春の大地の香りがふわりとただよう。アルベリクは目をみはった。

「これは？」

「タンポポ茶よ。冷えとむくみが改善されて血流がよくなるの。身体が温まるとぐっすり眠れると思うわ」

アルベリクの眉《まゆ》がわずかに動いたが、ソランジュは気づかなかった。

「きみが作ったのか？」

ソランジュはうなずいた。

「お庭のタンポポを使わせてもらったわ。勝手にごめんなさい」

「それはもちろん構わないが……。きみは、こんなものが作れるのか」

アルベリクは感心したように言うと、タンポポ茶を一口飲んだ。

「……うまい」

「本当？」

ソランジュは胸の前で両手を組んで聞き返した。

「ああ。本当にうまい。……この茶菓子《ちゃがし》は？」

「胡桃のクッキーよ。胡桃には疲労回復の効能があるの」

「これもきみが？」

ソランジュは頰を薄紅《うすべに》色に染めてうなずいた。

アルベリクは、胡桃のクッキーを矯《た》めつ眇《すが》めつ眺めてから口に運んだ。

咀嚼《そしゃく》して飲み込むまでの間、ソランジュは息をするのも忘れて見守っていた。

「うまい」

「よかった……」

ソランジュは、ほっと胸をなで下ろした。

「野草のお茶と木の実のお菓子なんて、王様に出すのは失礼かと心配だったけど、アルベリク様に元気になってほしかったから。気に入ってもらえてよかった」

「きみは……」

「どうかした？」

「いや、なんでもない」

アルベリクは言いかけた言葉を飲み込むように、カップに口をつけた。

「そうだった。アルベリク様に話しておくことがあったの」

すっかり忘れていたけれど、報告しておかなければと思い、ソランジュは口を開いた。

「なんだ？」

「この前、グレース様がいらしたの」

「グレースだと？」

アルベリクは眉をひそめてカップを置いた。

「なんの目的で来た？　何もされなかったか？」

「わたしが異国で心細い思いをしていないか、心配で様子を見に来てくれたそうよ。とてもお綺麗《きれい》で優しい方だったわ。お友達になったの」

「友達？」

グレースとお茶をしたことと、今度あらためて屋敷に招待したいという旨《むね》を伝えると、アルベリクは眉根《まゆね》を寄せて渋《しぶ》い顔をした。

「勝手に約束しちゃってごめんなさい。先にアルベリク様の許可をもらうべきだったわ」

「そうじゃない。俺が懸念《けねん》しているのは、グレースがきみに何か嫌なことをしないかだ」

「平気よ。グレース様はそんなことしないわ。アルベリク様は心配性《しょう》ね」

「それならいいが、何か困ったことがあれば俺に必ず相談してくれ」

「ええ。約束するわ」

ソランジュがうなずくと、アルベリクはようやく安心したのかふたたびタンポポ茶をすすった。

ソランジュは彼がお茶菓子を食べ終えるまで、そばで見守っていた。

「少し休む。夕方になったら起こしてくれ」

アルベリクはソファに移動すると、背をもたせかけて目を閉じた。

「ベッドで寝たほうがいいんじゃ……？」

「いい」

困ったソランジュは、部屋の外で待機していたサリナに声をかけて毛布を用意してもらった。アルベリクの身体を包むように毛布をかけた。

「……ソランジュ」

「はっ、はい！」

差し出がましいと咎められると思ったが、そうではないようで安堵《あんど》する。

アルベリクは薄く目を開けた。

「少しの間でいい。ここにいてくれ」

「あの……？」

ソランジュが戸惑《とまど》っていると、アルベリクは二人掛《が》けのソファの空いているスペースを視線で示した。

(隣《となり》に座れと……?)

ソランジュはおずおずと近づき、隣に腰を下ろした。

ちらりと横を見ると、アルベリクはふたたび目を閉じていた。まだ眠りには入れていないようで、寝息《ねいき》は聞こえない。

ソランジュは、前にリュカの言っていたことを思い出した。

(わたしのそばで眠ると安心するって……)

加護の力について勘付《かんづ》かれているのだろうか。

でも、そうだとしたら却《かえ》って警戒《けいかい》されるはず。

ソランジュは隣で休むアルベリクの横顔を覗《のぞ》き込んだ。

彫像《ちょうぞう》のように完璧な造作をした顔は青白いまま。

しばらくして、アルベリクの唇から苦しげな吐息《といき》が漏れ聞こえた。

黒竜の悪夢が始まったのだ。

(何もできないと思っていたけれど……夢で癒すことならできる)

ソランジュは毛布の端をずらして、アルベリクの手に触れた。

意識が途切《とぎ》れ、ソランジュはアルベリクにもたれかかるように倒《たお》れ込んだ。

「婚約者が健気で素直《すなお》でいじらしくて可愛すぎて困っている」

「はあ……？」

夢の世界に潜《もぐ》るなりアルベリクからそう言われて、羊のソランジュは反応に困った。

（働きすぎておかしくなっちゃったのかしら……？　お気の毒に）

ソランジュが心の中で憐《あわ》れんでいると、アルベリクは額に手を当てて大きくため息をついた。

「彼女は茶菓子を手ずから作って、俺の帰りを待っていた」

（……それは、普通《ふつう》のことなんじゃ？）

「俺が疲れてうまく受け答えできなくても、彼女は愛らしい笑顔を向けてくれる」

（アルベリク様の事情さえ知っていれば、別に普通のことよね？）

愛らしいかどうかは置いておいて。

「遠征へ出る俺のために、手作りのお守り袋《ぶくろ》まで用意してくれた」

（あれは結局役に立たなかったわよね……？）

所詮《しょせん》はただの気休めである。

「女性に対して愛おしいと思ったのは、初めてだ」

（えええええええ⁉）

アルベリクの頬がほんのりと赤い。癒しの加護をまだほどこしていないのに、急に血色

がよくなっている。

ソランジュは、いたたまれずにこの場から逃《に》げ出したくなった。

そういえば、今日は洞窟《どうくつ》の奥に棲《す》んでいる黒竜の気配がまったく感じられない。

以前は、ほんの少しは感じていたのに。まるで存在が消えているかのようだった。

「自分の夢の中だからだろうか……不思議ときみには何でも話したくなってしまうんだ。できることなら、きみを彼女に会わせてやりたい。きっと彼女のことを好きになるはずだ」

（いや……本人なので……）

ソランジュは冷《ひ》や汗《あせ》をダラダラと流しながら視線を逸《そ》らした。

（アルベリク様がわたしのことをそんなふうに思っていたなんて……信じられない）

夢から覚めたら、恥ずかしくてアルベリクの顔が見られなくなっている気がする。

「ああ、そうだ。この前、きみが作ってくれた茶菓子と同じものが現実に出てきた」

前回の夢の中で出したタンポポ茶と胡桃のクッキー。

同じものをついさっき、アルベリクに食べてもらった。

「ソランジュ……婚約者が、真心をこめて作ってくれたのが伝わってきた」

アルベリクのやわらかな表情と優しい声音《こわね》に、ソランジュは胸《むね》の奥がじわりと温かくなるのを感じた。

（どうしよう、嬉しい……）

ソランジュは思わず、身体を丸めて地面に転がった。傍目《はため》から見ると毛糸玉のようだ。

「どうしたんだ？」

「いいえ、お気になさらず」

ゆるんだ顔をアルベリクに見られたくなくて、ソランジュは丸まったまま答えた。

「俺は彼女からしてもらうばかりで、まだ何も返せていない」

アルベリクはぽつりと言った。

「彼女がどんなことで喜ぶのか、何が好きなのか。よく考えたら知らないことばかりだ」

（アルベリク様……）

ソランジュはひょこっと顔を出して、アルベリクを見上げた。

「彼女のことをもっと知りたい」

ソランジュの小さな身体がすべて心臓になったみたいに、どきどきと脈打ち始めた。

全身が熱い。

（わたし……なんだか変）

この日は、アルベリクに癒しの加護をほどこしてもその場で気を失うことはなかった。

自然と夢の世界から意識が抜け出《ぬ》《で》て、ソランジュは現実の世界に戻ってきた。

「〜〜〜〜っ！」

何がどうしてこうなったのか。

ソランジュの身体はアルベリクと一緒の毛布に包まれていた。

アルベリクの肩に頭を乗せた状態で、彼の両腕《りょううで》に全身をすっぽりと覆われるように抱きしめられている。

「ひえ……っ」

顔を上げたら目の前にアルベリクの寝顔《ねがお》があって、心臓が破裂するかと思った。

もう一度彼の夢の中へ潜ってしまえたら楽なのだろうが、連続して同じ相手の夢の中へ潜ることはできないようで、眠りの加護は発動しない。

身じろぎしようとするとますます強く抱きしめられ、アルベリクの大きな手がソランジュの髪をなでた。

「ソランジュ……」

「はっ、はいっ⁉」

思わず返事をしたけれど、すぐにまた寝息が聞こえてきた。

（ね、寝言《ねごと》……？）

アルベリクは今、どんな夢を見ているのだろう。

穏《おだ》やかに眠れているのならそれでいい。

目の前にいる人が幸せでいてくれることが、ソランジュの幸せにつながる。

毛布の温《ぬく》もりとアルベリクの体温が心地《ここち》よくて、まぶたがだんだん重くなってきた。

今すぐここから離れるべきだと思うのに、居心地《いごこち》のよさに負けてしまう。

午後のうららかな陽光が射し込む中、ソランジュはアルベリクの腕の中で目を閉じた。


（またやってしまった……！）

目を覚ましたアルベリクは猛省《もうせい》した。

そばにいてくれと頼んだだけなのに、眠っている間に彼女を同じ毛布の中に引っ張り込んで、抱きしめて眠っていたらしい。

目が覚めたら、きっと彼女はまた怯《おび》えてしまうだろう。

婚約式の翌朝は、涙目になって震えていた。

アルベリクは、ソランジュの華奢な身体を毛布で丁寧《ていねい》にくるんで抱き上げた。

続き間の寝室へ移動して、自分のベッドに横たえる。

「アルベリク様……」

ソランジュの顔が、幼子のようにふにゃりとほころんだ。

アルベリクは、思わず口づけてしまいたくなる衝動《しょうどう》をこらえて、羽根布団《ぶとん》をかけた。

一度だけ、ソランジュの髪を軽くなでた。細くやわらかな髪だった。

アルベリクは懐から小さな包みを取り出して、枕元《まくらもと》に置いた。


「はっ、寝坊《ねぼう》！」

ソランジュは、がばっと飛び起きた。

「あれ？　朝……じゃない？」

あたりを見回すと、そこは自分の部屋ではなかった。

豪奢なベッドに上質な天蓋《てんがい》の紗幕《しゃまく》。ふかふかの羽根布団。

どうやら、アルベリクの寝室で爆睡《ばくすい》してしまったらしい。

紗幕の向こうには夕暮れの空がぼんやりと見えた。

（アルベリク様が運んでくれたのかしら……？）

いつも彼の前で眠ってばかりで恥ずかしい。

ベッドから降りようとするソランジュの手に、何かが触れた。

枕元に、薄紫色の小さな包みがあった。可愛らしい空色のリボンが結ばれている。開けてみると、手のひらに硬《かた》い金属のようなものがころんと落ちてきた。

「わあ、可愛い……！」

アーモンドの花をかたどった髪飾《かみかざ》りだった。

（これ、もしかしてアルベリク様が？）

ソランジュは髪飾りを握りしめ、ベッドを降りて続き間の扉を開けた。

「アルベリク様」

「目が覚めたか？」

アルベリクは、ソファで本を読んでくつろいでいた。顔色はすっかりよくなっている様子だった。

「あの、これ……」

ソランジュが手の中の髪飾りを見せると、アルベリクは目を細めて微笑んだ。

「遠征の土産《みやげ》だ。きみの好みに合うかわからないが」

「ありがとう。とても……とても嬉しいわ」

「よかった」

アルベリクはほっとしたように笑みを漏らすと、本を閉じて手招きした。ソランジュに、隣に座るよううながす。

「貸してくれ」

アルベリクは、ソランジュの手から髪飾りを受け取ると、金色の髪を一房《ひとふさ》すくって髪飾りを着けた。

ほんの一瞬《いっしゅん》、アルベリクの指先がソランジュの耳に触れて、わずかに肩が震えた。

「よく似合う」

ガラスでできたアーモンドの花が、ソランジュの金髪《きんぱつ》の中であざやかに咲《さ》く。

「ありがとう、アルベリク様」

夢の中で、アルベリクは「自分は何も返せていない」と言ったけれど、十分すぎるほどの真心をソランジュは受け取った。

ソランジュの髪を彩《いろど》るガラスの花に指先でそっと触れてみる。

冷たいのに温かい。

「ずっと大事にするわ」

この婚約がなくなって、レアリゼに帰ってからもずっと。

ソランジュは心の中でそう誓《ちか》った。

この日の夕食は、ソランジュの作ったタンポポシロップをふんだんに使ったミートパイだった。

第4章 お妃失格？

アルベリクとの同居生活が始まって半月が経《た》った。

「……おはよう、ソランジュ」

「お……おはよう」

この日も、ソランジュはアルベリクの腕《うで》の中で朝を迎《むか》えた。

二人は、弾《はじ》かれたようにぱっと離《はな》れた。

（うう……やっぱり慣れない。恥《は》ずかしい……！）

ベッドの端《はし》へ這《は》うように移動したソランジュは、真っ赤になった顔を両手で覆《おお》った。

一方のアルベリクも頬《ほお》を赤く染めて口元を押さえている。

「すまなかった」

「う、ううん。平気……」

ソランジュはリュカの願いを聞き入れて、二、三日に一度の頻度《ひんど》でアルベリクと寝室《しんしつ》を共にしていた。

眠《ねむ》る前は、お互《たが》いに距離《きょり》をとってベッドの両端《りょうはし》で横になる。

アルベリクが眠りについたのを確認《かくにん》して、ソランジュは彼の夢の中へ入り込む。

夢の世界で、アルベリクから婚約者《こんやく》（自分！）についての惚気《のろけ》を聞かされる。

そして夜が明けると、アルベリクに抱《だ》きしめられて目覚める……というのがお決まりの流れになっていた。

（もう……恥ずかしくて身が持たない）

昨晩の夢では、ソランジュが畑でつまずいて転んで泥《どろ》だらけになった姿が可愛《かわい》かったとか、ソランジュの作ったプディングがとてつもなく美味だったとか、森からやってきたリスと戯《たわむ》れる姿が天使のように可愛かったとか、聞くのも恥ずかしい話を雨あられのように浴びせられ続けた。

もう何度、「わたしが婚約者本人よ！」と羊の姿で言ってしまおうかと思ったけれど、加護の力についての秘密は墓まで持って行くと決めている。

ソランジュは呼吸をととのえ、アルベリクをちらりと見た。

この数日で、アルベリクが悪夢にうなされる症状《しょうじょう》が少しずつ軽くなっているように感じられた。

（たとえ婚約破棄になるとしても、苦しんでいる人を放っておくことはできない……呪いが解決するまでは傍にいてあげたい）

夢の中へ潜《もぐ》っても、初めて会った日のように黒竜《こくりゅう》の殺伐《さつばつ》とした気配はない。

癒《いや》しの加護が作用して、徐々《じょじょ》に悪夢の呪《のろ》いから解放されつつあるのだろうか。

（夢に出てくるあの洞窟《どうくつ》……。中に入って黒竜の様子を確認してみたいけど、アルベリク様が許してくれるはずがないわよね）

「ソランジュ？　具合でも悪いのか？」

黙《だま》ってアルベリクを見つめていると、彼が心配そうに声をかけてきた。

「いいえ、平気よ。今日もいいお天気だと思っただけ」

ソランジュがそう言うと、アルベリクは窓の外へ視線を向けた。

「たしか今日は、王妃《おうひ》教育が休みの日だったな」

「ええ」

うなずくと、アルベリクは振《ふ》り返《かえ》って言った。

「一緒《いっしょ》に街へ出かけないか？」

「デートのお誘《さそ》いですか。婚約から半月経ってようやくの初デートですね」

自室へ戻《もど》ってメイドたちに外出することを伝えると、リディアが無表情のまま言った。

「ソランジュ様をさんざん寝室に連れ込んで、今になってようやくの初デートですね」

「リディア。誤解を招く言い方はやめてちょうだい」

ソランジュは夜な夜なアルベリクの抱き枕《まくら》になっているけれど、それ以上のことは何も起きていないのだ。

「わたし、男の人と出かけるのは初めてだから、何を着て行けばいいかわからなくて」

朝食用のドレスに着替《きが》えるのを手伝ってもらいながら、恥《はじ》をしのんで相談する。

「我々におまかせくださいませ、ソランジュ様」

サリナとメイドたちが自信ありげに胸を張った。

「国王陛下の好みの服装は熟知しております。ソランジュ様をとびきり可愛らしく着飾《きかざ》らせていただきますわ」

「ありがとう。頼《たよ》りになるわ！」

背中のボタンを留めてもらい、鏡台のスツールに座る。

鏡の向こうで、リディアがソランジュの髪《かみ》に櫛《くし》を通しながらわずかに微笑《ほほえ》んだ。

「ソランジュ様、なんだか楽しそうですね」

「そう？」

リディアはうなずいた。

「レアリゼでのソランジュ様も、もちろん毎日潑溂《はつらつ》としていらっしゃいましたが……無理をして振る舞《ま》っているように見えていたので」

「リディア……」

「申しわけありません。失言でした」

ソランジュは小さくかぶりを振った。

「わたしのことを一番よくわかっているリディアが言うんだから、間違《まちが》っていないわ。わたしね、今は毎日がとても楽しいの。やるべきことがあって、与《あた》えられた課題があって、時々ちょっぴり困ったことがあって。いろんな出来事と向き合って過ごしていると、『生きてる！』っていう気持ちになるの」

今の生活にはいずれ終わりが来て、ソランジュはレアリゼへ帰る。

森の中の小さな離宮《りきゅう》で静かに暮らして、ひっそりと生涯《しょうがい》を終える。

ここでの暮らしは、きっとソランジュにとって一生ものの思い出になるだろう。

アルベリクを苦しめている黒竜の呪いを解くことができたら、こちらから婚約破棄《はき》を申し出ようと考えている。

そして、彼に対して芽生え始めている気持ちに蓋《ふた》をして、彼の幸せを祈《いの》りながら生きていくのだ。

それがソランジュの人生計画。

朝食を終えてふたたび部屋に戻ると、張り切ったサリナたちが外出用の衣服を用意してくれていた。

その数に、ソランジュは若干《じゃっかん》引いた。

「申しわけありません。どれもソランジュ様にお似合いだと思うと選びきれず……」

「あ、ありがとう……」

いつの間にこんな量の服を買ったのだろう。

ここにある服すべてに袖《そで》を通す前に婚約破棄することを考えると、申しわけなく思う。

「あ……」

ソランジュは鏡台に駆《か》け寄《よ》り、抽斗《ひきだし》から髪飾《かみかざ》りを取り出した。

「サリナさん。この髪飾りに合う服はあるかしら？」

アルベリクが贈《おく》ってくれた、淡《あわ》いピンク色をしたアーモンドの花の髪飾り。

「それでしたら、こちらはいかがでしょう？」

サリナは一着のワンピースを手に取って見せた。

階段を下りて玄関《げんかん》ホールに行くと、すでにアルベリクが身支度《みじたく》を終えて待っていた。

「待たせてごめんなさい」

「いや、今来たばかりだ」

振り返ったアルベリクの姿に、ソランジュは目をみはった。

「アルベリク様……よね？」

一瞬《いっしゅん》、別人かと思った。

カツラをかぶっているのか、髪は少し長めの栗色《くりいろ》になっていて、レンズの入っていない銀縁《ぎんぶち》眼鏡をかけている。服装は白いシャツに、灰色の上着とズボン。

「………」

「その顔だと、変装はきちんと機能しているみたいだな」

アルベリクは眼鏡をずらして、悪戯《いたずら》が成功した少年のように目を細めた。

（王様がそのままの姿で城下を歩いたら、騒《さわ》ぎになるものね）

ソランジュは納得《なっとく》してうなずいた。

「あの、わたしの格好は変じゃないかしら？　サリナさんたちに選んでもらったのだけど、ドレスコードとか大丈夫《だいじょうぶ》かしら……？」

ソランジュが身にまとっているのは、淡いピンク色のワンピースだった。肘《ひじ》の下まである袖口《そでぐち》には同じ色の糸で草花紋様《もんよう》の刺繍《ししゅう》がほどこされている。上には、同系色のレース編みのボレロを羽織っている。

「問題ない。とてもよく似合っている」

半月の同居生活でわかったことがある。

アルベリクは、絶対にお世辞を言わない。

掛《か》け値《ね》のない誉《ほ》め言葉に、ソランジュは頰を赤らめた。心臓が早鐘《はやがね》のように鳴って騒がしい。

(嬉《うれ》しいけど、恥ずかしい……!)

ふと、アルベリクがソランジュの耳の上あたりで視線を止めた。

「その髪飾りは……」

「アルベリク様がくれたものよ。この髪飾りに合わせて服を選んでもらったの」

髪飾りがアルベリクによく見えるように首を傾《かたむ》けると、彼の手がソランジュの髪に触《ふ》れた。指先が髪飾りを優《やさ》しくなぞる。

「身に着けてくれて嬉しい」

次の瞬間《しゅんかん》、ソランジュの顔が茹《ゆ》でたタコのように耳まで真っ赤に染まった。

その様子を見守っているメイドたちが、小声で「尊いですね……」とつぶやいた。

出かける前から、ソランジュはすでに一日分の体力を使い果たした気分になった。

二人を乗せた馬車は城下町へと入り、しばらく進んだところで停《と》まった。

海の見える通りにはおしゃれなカフェや花屋、可愛らしい雑貨店が立ち並んでいる。

王妃選定パーティーの前にリディアたちと城下を散策した時は大衆食堂をハシゴしていたので、こんな区画があるとは気づかなかった。

「付き合ってほしい店がある」

そう言うアルベリクに連れて行かれた先は、若い女性客でにぎわうカフェだった。

海の見える街並みにふさわしく、エメラルドグリーンを基調とした店内は、貝殻《かいがら》や珊瑚《さんご》をモチーフにした装飾品《そうしょく》で彩《いろど》られている。

（一人じゃ入りにくいとか、そういう理由かしら？）

入店すると、見晴らしのいいテラス席へ案内された。

店員さんのおすすめは、海をイメージしたマリンブルーのソーダ水と、果物がふんだんに載《の》せられたパフェらしい。

ソランジュはメニューを上から下まで真剣《しんけん》に吟味《ぎんみ》して、店員さんのおすすめ二品と、レモンのタルトにベリーのパンケーキを注文した。アルベリクはハーブティーとコーヒーゼリーを注文した。

「それだけでいいの？」

「俺は十分、足りる」

（朝ごはんの後に出かけたのがよくなかったのかしら？　でも、スイーツは別腹よね？　わたしなんて、あとで追加注文するつもりなのに）

口に出さなくてもソランジュの言いたいことが伝わったのか、アルベリクは「気にせず、好きなものを食べるといい」と言ってくれた。

ソランジュは店内の女性客たちに目を向けた。明るい色が目を引くミントアイスに、ふわふわのメレンゲが載ったコーヒー、柑橘《かんきつ》のジャムが添《そ》えられた焼き菓子《がし》の盛り合わせなど、どれも美味《おい》しそうだった。

しばらくして、注文の品が運ばれてきた。ワイングラスのような器《うつわ》に入ったコーヒーゼリーを食べるアルベリクの向かいで、ソランジュは優雅《ゆうが》な所作を崩《くず》さずにスイーツを次々とたいらげる。追加でミントアイスを注文した。

「うまいか？」

「とても！」

ぱっと顔を輝《かがや》かせるソランジュに、アルベリクは目元をほころばせた。

「よかった」

ソランジュがソーダ水のストローに口をつけたところで、アルベリクは小さく息を吐《は》き出《だ》した。

「この前の遠征《えんせい》中、若い騎士《きし》に女性の好みそうな店をいくつか教えてもらったんだ。きみと出かける機会があったら、必ずここに来ようと思っていた。気に入ってもらえて、正直ほっとしている」

（わたしのためにわざわざ、お店を探してくれたの？）

旅先では身体《からだ》の調子がつらくて大変だったはずなのに、ソランジュのことを考えてくれていたなんて。

「アルベリク様とこんな素敵《すてき》なお店に来られて、嬉しい。連れてきてくれてありがとう」

ソランジュが笑顔《えがお》を向けて言うと、アルベリクは「また来よう」と返した。

そこへ、追加で頼《たの》んだミントアイスが運ばれてきた。初めて口にしたミントアイスは、なんだか口の中に北風が吹《ふ》き込んだみたいにスースーして、ソランジュの好みにそぐわなかった。

でも、ソランジュにとって一生忘れられない味になった。

カフェを出た後は、大通りに並ぶ店を見て回った。

アルベリクは、ソランジュが足を痛めないようにと都度休憩《きゅうけい》の時間を取ってくれた。

通り沿いのベンチに座って、屋台の焼き菓子を半分こして食べた。

「今夜は、晩ごはんをひかえめにしようかしら」

「別腹じゃなかったのか？」

「一応、カロリーは気にしているのよ。これでも」

朝起きてコルセットの締《し》まらない身体になってしまったら、一大事である。

「ドレスが着られなくなったら困るし……」

明後日《あさって》の夜は、国王の婚約者としてソランジュのお披露目《ひろめ》パーティーが開かれる。

「女性は何かと大変だな」

「ただのパーティーじゃないもの。お客様はみんな、わたしを品定めしに来るのよ。アルベリク様にふさわしい人間かどうか。だから……少しでも綺麗《きれい》にしていたいの」

アルベリクに恥をかかせるような真似《まね》はしたくない。

「きみはそのままで十分、綺麗だ」

「うぐっ……」

不意打ちで甘い言葉をかけられて、ソランジュは思わず不格好な声を出してしまった。

「きみの素直《すなお》で清らかな人柄《ひとがら》に、皆《みな》もきっと心惹《ひ》かれるはずだ」

（ううう……褒《ほ》めすぎよ。加護の力がおかしな方向に作用しているんじゃないかしら？）

恥ずかしくなって、ソランジュは顔を伏《ふ》せた。

ふと、向こうの広場から風に乗って楽器の音色が流れてきた。

弦楽器《げんがっき》と笛で構成された旋律《せんりつ》は軽快で、海辺のにぎやかなこの街並みのために作られたように思えた。

「夏の祝祭の準備が始まる頃《ころ》か」

アルベリクが広場のほうへ視線を向けた。

「夏の祝祭？」

「豊漁と豊穣《ほうじょう》に感謝する祭りだ。街全体に夏の花を飾《かざ》って、楽団や騎馬《きば》隊が練り歩く。夜は篝火《かがりび》を焚《た》いて、死者の魂《たましい》を招くとされている。コルドラに根を下ろすすべての者が楽しむ日だ」

「楽しそう」

「祝祭は七月の末だ。一か月ほど先だな」

ソランジュは、次の言葉を見つけられなかった。

「毎年、王宮の飾りつけも気合いが入っている。一緒に見よう」

「………」

「ソランジュ？」

アルベリクがソランジュの顔を覗《のぞ》き込んだ。変装用の眼鏡の奥で、深緑色の瞳《ひとみ》が気遣《きづか》わしげに見つめてくる。

「疲《つか》れさせてしまったか？」

ソランジュは首を横に振った。

「いいえ、平気よ。お祭りが楽しみね」

嘘《うそ》をついてしまった。

街の中が花飾りと音楽でにぎわう頃、ソランジュはコルドラにいないのだ。

婚約が決まった当初は一日も早くレアリゼに戻りたいと思っていたのに、今はここから離れたくないという気持ちが芽生えている。

(いけない)

ソランジュは、胸《むね》の奥底から沸《わ》き上《あ》がりそうになる欲を押しとどめる。

コルドラにいたい、アルベリクのそばにいたいという願いがこれ以上大きくなったら、自分はきっとレアリゼの歴史に名を残した「暴虐《ぼうぎゃく》の女王」のように自分の欲をコントロールできず、加護の力を悪用してしまうかもしれない。

レアリゼの守り神ヒュプノラの怒《いか》りに触れて、破滅《はめつ》の道をたどることになる。

「そろそろ冷えてくる。帰ろう」

言われてみると、海風が冷たく感じるようになってきた。

アルベリクは自分の上着を脱《ぬ》いで、ソランジュの肩《かた》に羽織らせてくれた。

「ありがとう。でも、アルベリク様は寒くないの?」

ソランジュが問いかけると、手を握《にぎ》られた。

「こうして温めてくれたらいい」

アルベリクの右手がソランジュの左手を、指を絡《から》めるようににぎゅっと握る。

「〜〜〜っ!?」

ソランジュは声にならない悲鳴をあげた。

（い、一緒に寝《ね》ているくらいだもの。手をつなぐなんてアルベリク様にとっては、子どもの手を引くのと同じ感覚なのよ、きっと……！）

まだ会ったことはないが、アルベリクには三歳の甥《おい》がいる。

アルベリクにとって、ソランジュは三歳児《さいじ》と同じようなものなのだ。たぶん。

つないだ手から緊張《きんちょう》がアルベリクに伝わりませんようにと、心の中で祈る。

顔から火が出そうな思いで車止めまで歩いたソランジュは、安心したのも束《つか》の間《ま》、馬車に乗り込んでからもアルベリクに手を握られていた。

恥ずかしさのせいなのか、それとも単純に歩き疲れたのか、ソランジュはアルベリクにもたれかかるように眠り込んでしまった。

王宮へ到着《とうちゃく》するまでの間、アルベリクは馬車の揺《ゆ》れでソランジュが起きてしまわないように肩を抱いて支えてくれていたのだけれど、爆睡《ばくすい》していたソランジュは知るよしもなかった。

二日後の夜。

本宮の広間に国中の王侯《おうこう》貴族が集《つど》っていた。

煌々《こうこう》と輝くシャンデリアの下で、豪奢《ごうしゃ》に着飾った紳士《しんし》淑女《しゅくじょ》がグラスを片手に歓談《かんだん》する。

今夜、国王の婚約者が初めて公《おおやけ》の場に姿を現す。

隣《となり》の小国、レアリゼ王国からやってきた姫君《ひめぎみ》の顔を一目見ようと、来賓《らいひん》たちは興味《きょうみ》津々《しんしん》だった。

中には、婚約者を蹴落《けお》として自分の娘《むすめ》をどうにかして国王の妃《きさき》にできないかと目論《もくろ》む愚《おろ》か者《もの》も、ほんの数名だが潜《ひそ》んでいる。

アルベリクは大広間の玉座に身を沈《しず》め、歓談する王侯貴族たちの様子を眺《なが》めていた。

母レティシアは、ベルティーユと一緒に招待客たちと談笑《だんしょう》している。王妃の頃から気さくな性分《しょうぶん》で有名な母は、人脈の形成に長《た》けていた。

侯爵《こうしゃく》家に嫁《とつ》いだ姉も招待したのだが、息子《むすこ》が風邪《かぜ》を引いたため欠席すると連絡《れんらく》が来た。

「国王陛下。ご挨拶《あいさつ》をよろしいでしょうか？」

よく通る澄《す》んだ男性の声に、アルベリクは視線を下げた。

青みがかった銀髪《ぎんぱつ》を後ろで結んだ碧眼《へきがん》の美青年が、小さく手を振っていた。

「……マルセル」

アルベリクは立ち上がり、階段を下りた。

「暇《ひま》かなと思って、声をかけに来たよ」

「国王を暇人扱《ひまじんあつか》いするな」

アルベリクが苦笑《くしょう》すると、マルセルは声をひそめた。

「頼まれていたもの、離れの屋敷《やしき》に使者を送っておいた。帰ったら受け取って」

「助かる。専門家はさすが、仕事が早いな」

「本当は持ち出し禁止の本なんだからね。館長にバレたら殺されるよ」

マルセルは王立図書館で稀少《きしょう》な書物の管理をしており、業務の合間にソランジュの王妃教育を請け負《うお》っている。

「レアリゼの古書なんて何に使うんだい？」

「知りたいことがある」

周囲のざわめきに紛《まぎ》れ、二人はグラスを手に歩きながら小声で話す。

「レアリゼのことならソランジュ様に聞けば教えてくれるんじゃ？」

「彼女は……言いたくないと思う」

喜怒哀楽《きどあいらく》がすぐ顔に出て分かりやすいソランジュが胸に秘めたまま言葉にしないのだとしたら、それはアルベリクに言えない事情なのだろう。

「ソランジュ様が来てから、アルベリクは変わったね」

「そうか？」

「昔のアルベリクに戻った……って言ったほうがいいのかな。即位《そくい》してからは、お父上と同じように苦しそうだったけど、最近は加護の影響《えいきょう》が薄《うす》れているように見えるよ」

それは、アルベリク自身も感じていた。

ソランジュと夜を明かした次の日は、アルベリクの内側にいるはずの黒竜が鎮《しず》まっているようだった。その理由を知るために、レアリゼの古い歴史をひも解こうとしている。

「まあ、人相が悪いのは昔から変わらないけど」

「顔は生まれつきだ」

アルベリクは眉根《まゆね》を寄せたが、マルセルの悪戯っぽい笑《え》みにつられて笑った。

そこへ、マルセル目当ての令嬢《れいじょう》たちが集まってきて、アルベリクは一人になった。

「アルベリク様。ごきげんよう」

バッサバッサと鳥の羽のようにレースとフリルが重なったド派手なドレスを着た、ピンクブロンドのド派手な令嬢が正面からやってきた。

（鳥人間……）

アルベリクは、遠い異国の民話に登場する、頭部と両手が鳥で足が人間の姿をした魔物《まもの》を思《おも》い浮《う》かべた。

「グレース嬢。ひさしいな」

この前時代的な縦ロールは何時間かけて巻いているんだろう。そんな疑問を抱きながら、元婚約者と向き合う。

「ソランジュ様は、まだいらっしゃいませんの？　わたくし、ご挨拶に伺ったのですが」

「すまない。支度《したく》に手間取っているようだ」

グレースはド派手な羽根扇《おうぎ》で自分の顎《あご》をなでながら、妖艶《ようえん》な笑みを浮かべた。

「先日、ソランジュ様とお会いしましたの」

「彼女から聞いた。わざわざ来てくれたようで、感謝する」

「とても可愛らしい方ですわね。ちょっと幼すぎる気もしますけれど」

「天真爛漫《てんしんらんまん》で素直なところが彼女の長所だと思っている」

アルベリクが間髪《かんはつ》をいれずに言葉を返すと、グレースの細い眉《まゆ》がぴくりと動いた。

「わたくし、ソランジュ様と初めてお会いした時、驚《おどろ》きましたわ。襤褸《ぼろ》をまとって、お顔も手も泥だらけにして野良《のら》仕事をなさっていたのですもの。未来の王妃殿下《おうひでんか》とは思えず、メイドの方と間違えてしまいましたの。お詫《わ》び申し上げますわ」

太陽の下で土に触れる姿が、グレースの目にはそのように映るのか。

アルベリクはあらためて、この元婚約者とは相互《そうご》理解が得られないことを確信した。

「ご相談なのですが」

グレースは一歩前に進み出て、上目遣《うわめづか》いでアルベリクに視線を向けてきた。濃《こ》い化粧《けしょう》と強い香水《こうすい》の匂《にお》いが不快だった。

「ソランジュ様がお披露目される前の今でしたら、まだ間に合うと思いますの。誰《だれ》が未来の王妃にふさわしいか、もう一度お考えになってみてくださいませ」

やはり、そういう魂胆《こんたん》か。

アルベリクは心の中で毒づいた。

不在時を狙《ねら》ってソランジュに近づいたのも、破談をけしかけるため。

「ソランジュは、きみと友人になれたと喜んでいた」

「至極《しごく》光栄ですわ」

グレースは悪びれる様子もなく微笑みを保っている。

「アルベリク様。ひさしぶりにわたくしと踊《おど》ってくださいませんこと？　あの頃は、こうして身を寄せ合って踊りましたわよね」

ぴったりと密着してくるグレースの姿を、アルベリクは冷たい目で見下ろした。

二年前、彼女を婚約者に選んだのはアルベリク自身だった。

聡明《そうめい》で気高く心の強い女性を求め、グレースに婚約を申し込んだのだ。

今は、触れられるだけで虫唾《むしず》が走る。

「俺に触れていいのはソランジュだけだ。立ち去れ」

「………っ！」

グレースは息をのんでアルベリクから離れた。

「いつか後悔《こうかい》しますわよ」

背を向けるアルベリクに、グレースが捨《す》て台詞《ぜりふ》を残して立ち去る。

アルベリクが喉《のど》を潤《うるお》すために水出しの茶を使用人に頼んでいると、婚約者の入場を知らせる声があがった。

さざなみが立つように人々がざわめいた。

人波が綺麗に割れて、通り道が作られる。

海を思わせる瑠璃《るり》色のドレスに身を包んだ金髪《きんぱつ》の見目《みめ》麗《うるわ》しい姫君が、大勢の視線を浴びながらこちらへ向かって歩いてきた。

ソランジュは、堂々たる振る舞いで一歩ずつ足を運ぶ。細い顎を引き、華奢《きゃしゃ》な背筋を垂直に伸《の》ばして、ドレスの裾《すそ》を波のように泳がせる姿は、思わずため息が漏《も》れるほどに美しかった。

アルベリクは広間の中央へ進み出て、ソランジュの手をとった。

「皆の者。こちらが私の婚約者、ソランジュである。私ともども、まだ若輩《じゃくはい》ではあるが、誠心誠意コルドラ王国を盛り立てる所存である。どうか皆の力を貸してほしい」

二人の婚約を祝福するかのように、盛大《せいだい》な拍手《はくしゅ》が起こった。

ソランジュと手を取り合いながら、来賓に向けて深く礼をする。

「ソランジュ。俺と踊ってくれないか」

「喜んで」

そう答えるソランジュの声はわずかに震《ふる》えていた。

指先も緊張で震えていて、本当は逃《に》げ出したいほどに怖《こわ》いという彼女の気持ちが伝わってくるようだった。

いつの間にか人々は壁際《かべぎわ》に寄っていて、フロアにはアルベリクとソランジュの二人きりになっていた。

指揮者の合図で優美な円舞曲《ワルツ》が流れ出す。

アルベリクはソランジュの腰《こし》を引き寄せ、一拍《ぱく》目を踏《ふ》み出した。

ダンスのレッスンは昔から好きではなかったが、ベルティーユにせがまれて相手役を死ぬほどやらされたのが今になって役に立った。

周囲から感嘆《かんたん》のため息が漏れ聞こえる。

それと同時に、誰かの持つ羽根扇がバキッと折れる物騒《ぶっそう》な音も聞こえてきた。

「許せませんわ……」

楽の音に紛れて、グレースの声は誰の耳にも届かないまま消えた。


（はああ……疲れた）

怒涛《どとう》の挨拶責めからようやく解放されたソランジュは、バルコニーで夜風に当たってい
た。
次から次へと似たような装《よそお》いの人たちと挨拶を交《か》わして、誰が誰だか頭の中でごちゃ混
ぜになりそうだった。事前にコルドラの宮廷《きゅうてい》勢力について下調べしたおかげで、どうに
かボロは出ずに済んでいる。
（マルセル先生に教えてもらっておいてよかった……）
王妃教育の授業で、「ここからここまで覚えておけば乗り切れますよ」とマルセルがわ
かりやすく教えてくれた。
その時に初めて知ったのだが、マルセルはコルドラ王国の筆頭公爵《こうしゃく》家の嫡男《ちゃくなん》だった。
アルベリクやリュカと親しいのも納得がいく。
「ソランジュ様」
「マルセル先生」
振り返ると、長い銀髪を結んだ礼装姿のマルセルが小さく手を上げていた。
ソランジュはマルセルと連れ立って広間の中へ戻った。
灯《あか》りの届かない夜のバルコニーは男女が逢瀬《おうせ》に使う場所とされている。たとえ小さな誤
解でも、アルベリクに迷惑《めいわく》をかける種は作りたくなかった。
「お披露目、拝見しましたよ。ご立派でした」

「ありがとうございます」

マルセルは使用人を呼び止め、果実水を二つ頼んだ。

「お酒は苦手なんです」

マルセルは恥ずかしそうに微笑んで、レモン色の果実水を掲《かか》げた。

(アルベリク様は強いのかしら？　お屋敷では飲んでいるところを見たことがないわ)

ソランジュは、成人となる十八歳の誕生日に姉たちが開けてくれたワインに口をつけてみたけれど、一口で降参した。「お子様ねえ」と言われて悔《くや》しい思いをしたのが遠い昔のようだ。

「アルベリクはかなり強いですよ。前に騎士団の人たちと飲み比べをして、全員を潰《つぶ》したとか」

ソランジュの胸の内を見透《みす》かしたように、マルセルが教えてくれた。

「そうなんですね」

「……ソランジュ様」

マルセルは、周囲の様子をうかがいながら声をひそめた。

「『眠りと癒しの加護』という言葉に聞き覚えはありませんか？」

「……え？」

ソランジュは息をのんだ。グラスを持つ手がこわばる。

「先生、あの……？」

「驚かせてすみません」

マルセルは申しわけなさそうに肩をすくめた。

「アルベリクの背負う黒竜の加護については知っていますね？」

ソランジュはうなずいた。

「僕は独自に、コルドラと周辺諸国の守り神について調べているんです。彼の呪いを解くために」

「呪いを解く……？」

「ソランジュ様がコルドラへ来たのをきっかけに、僕はレアリゼの守り神に興味を持ちました。文献《ぶんけん》では、『眠りと癒しの加護』を授《さず》かったレアリゼの姫君は百年前が最後とされています。もしも、今の世に『眠りと癒しの加護』を持つ女性が存在していたら……アルベリクの呪いを消し去ることができると考えています」

「本当ですか⁉」

ソランジュは思わず大きな声をあげてマルセルに詰《つ》め寄った。

「本当に、アルベリク様は……自由になれるんですか？」

「あくまで、僕の個人的な見解ですが」

ソランジュの目に涙《なみだ》が浮かんだ。

「ああっ、ソランジュ様？　どうしよう……泣かないで」

マルセルは慌《あわ》ててポケットからハンカチを取り出した。

「ごめんなさい。ありがとうございます……」

アルベリクの呪いを解く手がかりがわかったことが嬉しくて、ソランジュはぽろぽろと涙をこぼした。

「よかった……」

加護の力を秘密にしていることも忘れて、小さくつぶやく。

「アルベリクが貴女《あなた》を選んだのは偶然《ぐうぜん》でないのかもしれませんね」

「え？」

目元にハンカチを当てながら、ソランジュは顔を上げた。

「運命だということです」


（運命……？　わたしとアルベリク様が？）

マルセルと別れたソランジュは、一人で夜の庭園に出ていた。泣いて火照《ほて》った顔を夜風で冷やしたかった。

今は暗くて見えないけれど、奥へ進んだところにあるバラのアーチの向こうで、初めてアルベリクと出逢《であ》った。

アルベリクが寝て起きたらソランジュが地面に転がっていた。ただそれだけの理由で適当に選ばれただけ。

あの時、ソランジュが庭園へ出ずにパーティーの場で黙ってニコニコ立っているだけで終わっていたら、アルベリクと一度も顔を合わせることなくレアリゼへ戻っていた。

（不思議……）

小さな選択《せんたく》が縁《えん》をつないで、運命をめぐらせていく。

これからソランジュが選ぶ未来は、アルベリクの幸せにつながってくれるだろうか。

「ごきげんよう、ソランジュ様」

背後から聞き覚えのある声がした。

「グレース様」

振り返ると、豪奢なドレスに身を包んだグレースと、見覚えのない令嬢が数人並んでいた。

「今夜は来てくださってありがとうございます」

ソランジュはグレースに駆け寄って礼を述べた。わざわざ個人的に声をかけにきてくれたのが嬉しい。

「先ほど一緒にいらしたのは、エナン公爵家のマルセル様ですわよね？」

「はい。王妃教育でお世話になっている先生です」

「婚約中の身ですのに殿方《とのがた》と二人きりで密談なさるなんて、浅慮《せんりょ》ではありませんこと？」

暗がりの中でグレースの表情はよく見えないけれど、言葉の端々《はしばし》に棘《とげ》のようなものが感じられた。

「ごめんなさい。考えが足りませんでした。ご指摘《してき》ありがとうございます」

国王の元婚約者だけあって、グレースはきっと自分にも他人にも厳しいのだろう。

「いつでも人の目があることを忘れてはなりませんわよ。人の口に戸は立てられないものなのですから」

「は、はい……」

グレースは思わせぶりな言葉を残して、友人らしき令嬢たちを引き連れて去って行った。

(外は寒いのに、わざわざ出てきてくれるなんて、グレース様って世話好きなのね)

歳《とし》はソランジュと同じなのに、外見も言動もずっと大人に見える。

(マルセル先生から借りたハンカチ……今度の授業の時に返さなくちゃ)

草花紋様の刺繍がほどこされた白いハンカチは、ソランジュが握りしめていたせいで皺《しわ》だらけになってしまった。

ソランジュはハンカチをポケットにしまって、両の頬を軽く叩《たた》いて気合いを入れた。

レティシアとベルティーユが見立ててくれた瑠璃色のドレスの裾を翻《ひるがえ》して、背筋を伸ばして広間へと戻った。

暗がりの中から明るい広間へ移動すると、まぶしさに目がくらみそうになった。

ソランジュの姿を見つけた来賓の貴族たちは、こちらへ視線を向けながらひそひそと小声で会話している。

（どうしたのかしら？）

アルベリクの姿を捜《さが》して歩き出すと、マルセルが駆け寄ってきた。いつも笑顔を絶やさないマルセルが、焦《あせ》ったような表情を浮かべている。

「ソランジュ様。すみません、僕のせいです」

「何かあったんですか？」

遠くから、耳を疑うような言葉が飛び込んできた。

「国王陛下と婚約しながら、エナン家の嫡男と密会ですって」

「大胆《だいたん》ですこと」

「人畜《じんちく》無害そうな顔をして、とんだ毒婦じゃないか」

誰が口にしたのかわからない。

でも、この場にいる誰かがソランジュに対して嫌悪《けんお》感を抱いているのはわかった。

「ソランジュ様、こちらへ」

マルセルに誘導《ゆうどう》されて、ソランジュは広間の奥にある玉座の前へやってきた。

見上げると、アルベリクが鋭《するど》い眼差《まなざ》しでこちらを睨《にら》んでいた。

「あ……」

ソランジュは全身から血の気が引くのを感じた。

アルベリクの耳にも届いているのだ。

自分の不注意でアルベリクに恥をかかせてしまった。

立ちつくすソランジュの前に、アルベリクが階段を下りて近づいてきた。

「ソランジュ」

「はい……」

震える声で返事をすると、手首をつかまれた。

「来い」

「えっ？」

来賓の通行が禁止されている扉《とびら》をくぐる。広間の喧騒《けんそう》はあっという間にソランジュの耳に届かなくなった。深紅《しんく》の絨毯《じゅうたん》が敷《し》かれた廊下《ろうか》を進み、国王専用の控《ひか》え室《しつ》へ通された。

ソファに二人並んで腰かける。アルベリクが飲み物を用意してくれた使用人を退室させると、室内はしんと静まり返った。

深緑色の壁紙《かべがみ》にチョコレート色を基調とした調度品、足元の絨毯は東方の草花紋様が描《えが》かれた毛織物《けおりもの》で、どれも上質で洗練されたものだった。

「アルベリク様、あの……」

「マルセルから聞いた」

「ごめんなさい、わたし……」

「きみのせいじゃない。噂《うわさ》好きな暇人が娯楽《ごらく》で吹聴《ふいちょう》したことくらい、バカでもわかる」

どうやら、誤解だとわかってくれているらしい。

でも、それならアルベリクはどうして怒《おこ》ったような顔をしているのだろう。

「……情けないな」

隣のアルベリクに膝《ひざ》を向けて、ソランジュは首をかしげた。

「デマだとわかっているのに、きみがほかの男と一緒にいたと思うと嫉妬《しっと》してしまう」

「アルベリク様……」

顔をそむけたアルベリクの頬が、ほのかに赤くなっているのが見えた。

ソランジュはなんだか気恥《きは》ずかしくなって、顔を斜《なな》め下に向けた。アルベリクにつられたのか、顔が熱い。

「さっき、グレース様から注意されたの。婚約者としての自覚が足りないって」

「グレースが？」

ソランジュはうなずいて続けた。

「グレース様は、わたしがアルベリク様の婚約者にふさわしくないって言いたいのかもしれないわ」

グレースは厳しくもあり優しい女性だから、直接的には言えなかったのだろう。

ソランジュのような田舎《いなか》出身で世間知らずな落ちこぼれ王女が、付《つ》け焼き刃《ば》で王妃教育を受けたところでアルベリクの隣に立つには不相応だと言いたかったのだと思う。

「彼女の言葉は信じなくていい。俺がきみを選んだんだ」

「だって、あの時は適当に選んだだけでしょう？　たまたま、あそこで寝ていたのがわたしだっただけ。別の方だったら、きっとアルベリク様はその方と婚約していたはずよ」

言葉に詰まるアルベリクに、ソランジュはさらに続けた。

「アルベリク様は、わたしという人間じゃなくて、使い勝手のいい抱き枕を手放したくないだけでしょう？」

「それは違《ちが》う！」

アルベリクが初めて声を荒《あら》らげたので、ソランジュは驚いて身をすくませた。

「……驚かせてすまない。聞いてくれ、ソランジュ」

アルベリクは何度か呼吸を繰《く》り返すと、声を落ち着かせて言った。

「たしかに、きみのそばで眠ると身体は癒される」

でも、とアルベリクは続けた。

「それだけの理由なら、四六時中そばにいたいとは思わない。俺のためにタンポポの葉を摘《つ》んで茶葉にしたり、屋敷の者たちに気を配ったり、嫌《いや》な顔せずに畑の土に触れたり……。そんなきみだから、俺は好きになったんだ」

ソランジュは薄紫《うすむらさき》色の瞳を大きく見開いた。

「俺は、きみが好きだ。政略結婚《けっこん》の相手である前に、俺の恋人《こいびと》になってほしい」

「…………っ」

ソランジュは、今までにないくらい頬に熱が集まるのを感じた。まぶたも耳も熱い。

夢の中ではそれらしい言葉を聞いたことがあるけれど、現実の世界で直接伝えられるのとは重みが違う。

「返事は急がなくていいから、よく考えてみてくれ」

「わかりました……」

ソランジュは熱に浮かされたようにぼんやりしながら、小さくうなずいた。

（どうしよう……嬉しい）

でも、という気持ちが心の奥から顔を出す。

アルベリクの想《おも》いに応えることは、祖国の父との約束を破ることになる。

（早く伝えないと……婚約破棄したいって）

ソランジュは決意を新たにした。

「あの……パーティーに戻らなくていいの？　皆さん待っているんじゃ……？」

広間へ戻れば、針の筵《むしろ》のような好奇《こうき》の視線に晒《さら》されるのはわかっているが、マルセル一人に嫌な思いをさせるのは心苦しい。

「ほとぼりが冷めるまでここにいよう。一時間も経てば皆、忘れてくれるだろう」

「一時間も？」

それまでの間、この狭《せま》くて静かな空間に二人きりで何をしたらいいのか。

（チェスでもするのかしら？）

棚《たな》には数冊の本とチェス盤《ばん》が置かれていた。

「痴話喧嘩《ちわげんか》した男女が仲直りするにはちょうどいい時間だ」

アルベリクの言葉を理解したソランジュは、顔を赤く染めた。

大人の男女の情事を想像し、無意識にソファの端へ逃げてしまう。

「……悪かった。何もしないから怯《おび》えないでくれ」

「アルベリク様のいじわる……」

ソランジュはしばらくの間、雨に濡《ぬ》れた子犬のように震えていた。

二人が連れ立って大広間へ戻ると、顔を合わせる人たちが皆、温かい笑顔を向けてきた。

「仲睦《むつ》まじくて大変よろしいこと」

「国王陛下の血色が先ほどよりよろしくなっておいでだわ」
「あらあらまあまあ」

控え室で小一時間の休憩をしていることが紳士淑女の妄想《もうそう》の種になっていたようで、大広間は二人の話題でもちきりだった。

アルベリクの言った通り、先ほどの醜聞《しゅうぶん》が嘘のようだった。

ただ、耳に入れるのも恥ずかしい単語が雨のように降ってきて、死ぬほど恥ずかしい。ソランジュは顔を真っ赤にしてうつむいてしまった。

その様子を目にした貴族たちは「可愛らしいこと」と微笑みかけてくる。

寄り添って歩く国王と婚約者の仲睦まじい姿が、この夜一番のお披露目となった。

二人の知らないところで、バキッと何かがへし折れる音が響《ひび》く。蛇《へび》の化け物のような形相をしたグレースが折れた羽根扇（二本目）を手に、全身をわななかせていたのだが、ソランジュとアルベリクの目にとまることはなかった。

パーティーが無事に終わり、屋敷へ戻ったアルベリクは使用人から一つの布包みを受け取った。マルセルの使者が届けたものだった。

自室へ戻って着替えを済ませ、包みをほどく。

紙独特の匂いが立ち上り、古い装丁《そうてい》の書物が姿を現した。

数箇所《かしょ》に栞《しおり》が挟《はさ》まれているのは、マルセルがあらかじめ調べてくれたからだろう。

アルベリクは栞のページを開いて文字を追った。

眠りと癒しを司《つかさど》る、レアリゼ王国の守り神ヒュプノラ。

そして、かつて守り神に愛されて加護を受け、道を誤り、破滅の末路へと向かった悲劇の姫君。

「眠りと癒しの加護……」

アルベリクの脳裏《のうり》に、自分の腕の中で眠る愛らしい姿が思い起こされる。

細かい文字を必死に追いかけ、ページをめくっていく。

パーティーでの疲れも忘れて、アルベリクは夜を徹《てっ》して書物と向き合った。

第5章　溺愛包囲網

結婚式《けっこんしき》を一週間後にひかえ、王宮も離《はな》れの屋敷《やしき》も準備に大わらわである。

ソランジュは、レティシアたちに呼ばれて東の離宮《りきゅう》を訪《おとず》れていた。

「まあああああ、可愛《かわい》いわ！　可愛いわ！」

「お義姉様《ねえさま》、とってもお似合いよ」

完成した婚礼衣装《こんれいいしょう》を試着して、仕切りの奥から姿を見せると、レティシアとベルティーユは想像をはるかに超《こ》える喜びようだった。

「お義姉様の可愛さをこんなにも引き立てるドレスができあがるなんて……。やっぱり、わたしって大天才だわ」

ソランジュの周りをぐるぐると歩きながら、ベルティーユは自らを絶賛する。

けっして自信過剰《かじょう》ではなく、ベルティーユのデザインしたドレスは実際にどれも素晴《すば》らしいものだった。レティシアが発注した仕立て職人の技術も相まって、大陸で最も素敵《すてき》なドレスに仕上がっていると思う。

「お二人とも、ありがとうございます。こんなに素敵なドレスを着せていただいて、嬉《うれ》しいです」

「結婚式が楽しみねえ」

「本当に」

レティシアとベルティーユは、うんうんとうなずく。

二人の一生懸命《いっしょうけんめい》な姿に、ソランジュは罪悪感で心が張《は》り裂《さ》けそうになる。

試作品も含《ふく》めると十着以上は作ってもらったのに、ソランジュが結婚式でこのドレスを着ることはないと知ったら、二人は大いに悲しむだろう。

（お二人とも、本当にごめんなさい）

ソランジュは心の中で懺悔《ざんげ》する。

「そうだわ、ソランジュお義姉様。明日の午後に城下からシャルリーヌお姉様が遊びにくるの。一緒《いっしょ》にお茶をしましょう」

「シャルリーヌ様……一番上のお姉様ですね？」

「そうよ」

ベルティーユは可愛らしく首を傾《かたむ》けた。

「お兄様にも連絡《れんらく》しているから、明日は二人でいらしてね」

「わかりました。お言葉に甘えて、おうかがいします」

先日のお披露目《ひろめ》パーティーには来られなかったらしく、挨拶《あいさつ》することが叶《かな》わなかったので、機会がもらえて嬉しい。

「明日は孫も来てくれるっていうから、本当に楽しみなの〜」

一つの皺《しわ》もないレティシアの口から「孫」という言葉が飛び出すと、何やら不可思議な心地《ここち》になる。

「レティシア様。明日は手作りのお茶菓子《ちゃがし》をお持ちしてもご迷惑《めいわく》ではないでしょうか？」

ソランジュがおずおずと尋《たず》ねると、レティシアは顔をぱっと輝《かがや》かせた。

「ええ、ええ！　もちろんよ。義娘《むすめ》の手作りのお菓子が食べられるなんて、人生捨てたものではないわね！　楽しみにしているわ」

あまりの喜びようにソランジュが驚《おどろ》いていると、ベルティーユが言った。

「わたしもシャルお姉様も、お料理は苦手なの。人生初の娘《むすめ》の手料理ね」

そういえば、レアリゼにいる二人の姉たちも料理やお菓子作りは不得手だった。

ソランジュは離宮の料理人から教わって、当たり前のようにお菓子を焼いていたけれど、もしかして自分が変わっているのかもしれない。

「お義姉様。わたしの分も焼いてね。絶対よ」

ベルティーユは、ソランジュの手をぎゅっと握《にぎ》っておねだりしてきた。

「は、はい。もちろんです。たくさん作ってきますね！」

婚礼衣装の試着を終えて屋敷へ戻《もど》ると、サリナが血相を変えて駆《か》けてきた。

「ソランジュ様、お客様です」

「どなたかしら？」

今日は来客の約束はないはずだけれど。

すると、サリナは眉根《まゆね》を寄せて声をひそめた。

「グレース・ブロンデル様にございます」

「まあ、グレース様が？」

ソランジュが嬉しそうな声をあげると、サリナは虫を見るように顔をゆがめた。

「どうしてソランジュ様はそんなにお人好《ひとよ》しなのですか？　どうせまた、嫌《いや》みを並べ立てて高笑いしながら帰っていくのですよ。ああ、気分が悪い！」

サリナはめずらしく嫌悪《けんお》感をあらわにして地団駄《じだんだ》を踏《ふ》んだ。

「あら。グレース様はとてもいい方よ。いつもわたしのことを気にかけてくれるもの」

「あれは、気にかけているのではなく監視《かんし》しているのです。少しは他人を疑うことを心得たほうがよろしいですよ。王妃《おうひ》になられるのですから」

サリナはよっぽどグレースのことが気に食わないらしい。

過去にこの屋敷で暮らしていた時に、ソランジュの知らない何かがあったのだろう。

ソランジュは手荷物をサリナに預けた。今日は最初からよそ行きの服装で過ごしているので、このまま応接室へ向かっても問題ないはずだ。

「グレース様は大切なお友達なの。丁重《ていちょう》におもてなししてね」

ソランジュがにっこりと微笑《ほほえ》みかけると、サリナは渋面《じゅうめん》を浮《う》かべて「かしこまりました」と返事した。

応接室の前にはリディアが待機していた。

ソランジュは小さく「ただいま」と声をかける。

「おかえりなさいませ、ソランジュ様」

「グレース様がいらしているって聞いたわ」

「はい。ソランジュ様が戻られるまでお待ちになると」

ソランジュがうなずくと、リディアは応接室の扉《とびら》を開けた。

「ごきげんよう、グレース様。お待たせしてしまったようで、すみません」

「いいえ、こちらこそ。突然《とつぜん》の訪問をお詫《わ》びいたしますわ」

優雅《ゆうが》な仕草で紅茶をたしなんでいたグレースは、音を立てずにカップを置いた。相変わらずグレースの所作は完璧《かんぺき》で美しい。

ソランジュが向かいに座ると、リディアがワゴンを押してお茶の用意をととのえる。

「事前にご連絡をいただけていたら、グレース様のためにできたてのお茶菓子を用意したのですが。作り置きのお菓子しかなくてすみません」

皿の上に用意されているのは、ソランジュが今朝焼いた棒状のパイ菓子だった。

「今日はどうなさったんですか？」

ソランジュが問いかけると、グレースはドレスの裾《すそ》を正して向き直った。

彼女の顔から自信ありげで優美な笑《え》みが消えていた。

「単刀直入に申し上げますわ。わたくし、アルベリク様のことをお慕《した》いしておりますの」

「……え？」

ソランジュはぱちくりと目を瞬《またた》かせた。

「アルベリク様との婚約《こんやく》を反故《ほご》にしたのはわたくしです。自分の立場をわきまえておりますわ。でも、先日のパーティーであなたが正式に婚約者としてお披露目されたのを見て、心の底から悔《くや》しくて、あなたが羨《うらや》ましいと思いましたの」

「グレース様……」

「ソランジュ様。あなたはどうやってアルベリク様の心を摑みましたの？　わたくし、このまま諦《あきら》めるなんてできませんわ！」

グレースの赤紫色《あかむらさきいろ》の瞳《ひとみ》に、炎《ほのお》が宿っているかのように見えた。

ソランジュは顎《あご》に手を当てて考え込んだ。

前にアルベリクの夢の中で聞かされた、恥《は》ずかしい惚気《のろけ》の数々を思い返す。

「……畑」

「畑？」

ソランジュがつぶやくと、グレースは訝《いぶか》しげに眉根を寄せた。

「そうです、畑です。グレース様、行きましょう」

「え？　なんですの？」

「その格好だとちょっとアレですね。まずは着替《きが》えましょう！」

「え？　え？」

目を白黒させるグレースの背中を押して、ソランジュは自分の部屋へと移動した。


「なんですの、これは⁉」

グレースは仁王立《におうだ》ちして午後の青空へ向かって叫《さけ》んだ。

「よくお似合いですよ、グレース様」

ソランジュはぱちぱちと拍手《はくしゅ》を送る。

グレースが着ているのは、普段《ふだん》の畑仕事でソランジュが着用している木綿《もめん》のエプロンドレスだった。生地《きじ》が丈夫《じょうぶ》で破れにくく長持ちするのが特徴《とくちょう》である。洗濯《せんたく》後は皺になりにくいのもポイントが高い。

日焼け防止のためにスカーフでほっかむりをして、長靴《ながぐつ》も履《は》いてもらった。綺麗《きれい》な指に傷がついてはいけないので、厚手の手袋《てぶくろ》も着けている。

ソランジュもおそろいのエプロンドレスに着替えた。

「アルベリク様は、畑で泥《どろ》だらけになって働く女性がお好みらしいので」

「なんですって……？」

グレースは鍬《くわ》を手に顔を引きつらせる。

「前に、わたしが畑でつまずいて全身が泥まみれになったのがとても心に残っていると言っていました」

あれは、ソランジュだからアルベリクの心を動かしたのであって、彼の好みが「泥だらけの女性」というわけではないのだが、ソランジュは大いに誤解していた。

「こちらが手つかずの更地《さらち》です」

ソランジュはグレースを連れて、ニワトリ小屋の前にある小さな区画を示した。

グレースは、ニワトリたちの声に驚いている。

「雑草を抜《ぬ》いて開墾《かいこん》しましょう」

「わたくしに、地べたに這《は》いつくばって草むしりをしろとおっしゃるの⁉」

「アルベリク様の望む女性像が、そうなので」

ソランジュが曇《くも》りのない眼差《まなざ》しで言うと、グレースは歯ぎしりをしながら地べたにしゃがみ込んで雑草を引っこ抜いた。

(そうよ。グレース様が畑仕事を好きになってくれたら、アルベリク様も考えをあらためるかもしれないわ。わたしなんかよりも、ずっとお妃《きさき》様にふさわしいもの)

一度は婚約した二人なのだから、きっかけさえあればヨリが戻るはず。

ソランジュはグレースのため、アルベリクのため、そして自分のために、畑仕事の伝授に打ち込んだ。


二時間後。

「何をしているんだ……?」

仕事を終えて帰ってきたアルベリクは、ニワトリ小屋前の更地で屍《しかばね》のように倒《たお》れているグレースを見つけ、憐《あわ》れみの表情を浮かべた。

「アル……アルベリク様……。わたくし、無理でしたわ。このような過酷《かこく》な試練を乗り切れるのは、この世界でソランジュ様だけですわ……。アルベリク様への想《おも》いは、これを機にきっぱりと諦めることといたします……無念ですわ」

縦ロールにほっかむりというインパクトの強い格好で、顔を泥だらけにしたグレースは、ガクリと意識を失った。

「ソランジュ……何が起きた？」

目の前の惨状《さんじょう》に、アルベリクは少々怯《おび》えている様子だった。

「あの、実は……」

ソランジュは両手の人差し指を合わせて、アルベリクを見上げた。

あらましを話すと、アルベリクは呆《あき》れたように黙《だま》り込んでしまった。

開墾途中《とちゅう》の土地に倒れているグレースを肩《かた》に担《かつ》いで、屋敷の中へと入っていく。

残されたソランジュは、黙々《もくもく》と農具を納屋《なや》に運び入れた。

（アルベリク様、怒《おこ》っているというより、あれは呆れていたわ……）

好きだと言ってくれたアルベリクの気持ちを踏みにじるような真似《まね》をしたのだ。失望されても仕方がない。

屋敷へ戻ると、サリナからアルベリクの部屋へ行くように伝えられた。

気絶したグレースは客間のベッドに寝《ね》かせているらしい。ブロンデル侯爵《こうしゃく》家には連絡を入れたので、のちほど迎《むか》えが来るとのことだった。

（グレース様にお詫びの手紙を書かなくちゃ）

ソランジュは一度自室へ戻り、土に汚《よご》れたエプロンドレスから室内着のワンピースに急いで着替えた。リディアと一緒に早足でアルベリクの部屋へ向かう。

リディアがノックをすると、中から明らかに不機嫌《ふきげん》そうな声で「入れ」と言われた。

開かれた扉の向こうへおそるおそる足を踏み入れると、初めて会った時と同じくらいに凶悪《きょうあく》な顔つきをしたアルベリクがいた。

(視線で殺されそう……)

ここ最近は癒《いや》しの加護の影響《えいきょう》で表情がやわらいでいたので、ひさしぶりに怖《こわ》い顔をしたアルベリクと対峙《たいじ》すると身体《からだ》がすくみそうになる。

「座れ」

心なしか、言葉も乱暴になっている気がする。

ソランジュは、アルベリクの示した場所――彼の隣《となり》に腰《こし》を下ろした。

「怒ってる?」

「そう見えるか?」

(誰《だれ》が見ても怒ってるわよ)

そう言いたかったけれど、ソランジュは言葉を飲み込んだ。

「どういうつもりだ? 何を考えて、俺とグレースの仲を取り持とうなんて気になったんだ?」

「ごめんなさい……」

「公《おおやけ》の場で、きみは俺の婚約者としてお披露目された。俺は、きみに好きだと告げた。その返事があれか？」

「…………」

たしかに、告白した相手から別の女性を紹介《しょうかい》されたら、誰でも怒るし呆れる。ソランジュは返す言葉もなくうつむいた。

「きみは……俺が嫌《きら》いか？」

アルベリクの声に悲しみの色が滲《にじ》んだ。ソランジュが顔を上げると、アルベリクは唇《くちびる》を引き結んでこちらをじっと見つめていた。傷ついた子どものような表情をしていた。

「嫌いじゃ……ないわ」

「あの日の返事をまだ聞かせてもらっていない」

恋人《こいびと》になってほしいという言葉への返事。

「それは……できないの」

「なぜだ？」

「わたしがアルベリク様を愛したら……きっと不幸にしてしまうから」

墓まで持っていくと誓《ちか》っていた秘密が、ほどけていく。

ソランジュは涙《なみだ》がこぼれそうになるのを必死にこらえて、言葉を紡《つむ》いだ。

「わたしには、ほかの人にはない力があって……使い方を間違《まちが》えると、他人の心を操《あやつ》ったりしてしまうの」

「『眠《ねむ》りと癒しの加護』のことか？」

「え？」

アルベリクから聞き返されて、ソランジュは言葉を失った。

（どうして？　なんで、アルベリク様が加護のことを知っているの……？　レアリゼでも知っている人は多くないはずなのに）

ソランジュが知らないうちに自ら秘密を漏《も》らしてしまったのだろうか。

青ざめていると、アルベリクがそっと肩に触《ふ》れた。

「驚かせてすまない。マルセルに聞いたんだ」

「あ……」

たしか、マルセルは守り神の加護について調べていると言っていた。

でも、ソランジュが「眠りと癒しの加護」を授《さず》かっていることは誰にも知られていないはず。

「前から薄々《うすうす》、気になってはいた。マルセルから文献《ぶんけん》を借りて、最近になってようやく確信を得た」

「その……、前からっていうのは、大体どのあたりから……？」

「きみがタンポポ茶と胡桃《くるみ》のクッキーを作った時だ。あれを知っているのは、あの羊だけだ」

「…………」

「あの子は、きみだろう？」

「さ、さあ……？」

ソランジュは必死にとぼけようとするが、アルベリクの目はごまかしようがないくらい真っすぐにこちらを見つめていた。

アルベリクの手がソランジュの髪《かみ》を一房《ひとふさ》すくった。

「髪の色も、瞳の色も、よく聞けば声も同じだ。きみがいつも夢の中で俺を癒してくれていた。違《ちが》うか？」

「ど、どうかしら……？　何の話かさっぱり……」

アルベリクはソランジュの髪の先に口づけた。

「～～～っ！」

顔を真っ赤に染めるソランジュに、アルベリクの顔が近づく。

「これ以上シラを切るつもりなら、その嘘《うそ》つきな悪い唇に仕置きをするぞ」

「ごめんなさい！　あの羊はわたしですっ！」

ソランジュはとうとう観念した。このまま唇を奪《うば》われたら、心臓が止まっていたかもしれない。

「レアリゼの守り神ヒュプノラの加護を授かっている?」

「はい……」

「俺の夢の中に何度も入ってきたな?」

「はい……ごめんなさい……」

まるで取り調べを受けているような心地で、ソランジュは素直《すなお》にうなずいた。

いくら癒すためとはいえ勝手に夢の中を覗いてしまったのは事実。アルベリクに気持ち悪がられても仕方ないとソランジュは下唇を噛む。

「でも、きみはただの一度も俺の心を操ろうとしなかった」

「え……?」

顔を上げると、アルベリクは愛おしげな眼差しをこちらに向けていた。

「その気になれば、俺の心を操って婚約破棄《はき》に持ち込めたはずだ。グレースと復縁《ふくえん》させるために、彼女に畑仕事を仕込むなんて回りくどいことをする必要はないだろう?」

(その発想はなかったわ!)

ソランジュが今気づいたという表情を向けると、アルベリクはおかしそうに笑った。

「そういうところだ。俺は、きみの清らかで素直なところに惹《ひ》かれたんだ」

「アルベリク様……」

呼びかけると、アルベリクがソランジュの左手を取った。壊《こわ》れ物《もの》に触れるように優《やさ》しい手つきで掬《すく》い上《あ》げ、薬指に彼の唇が触れた。

「俺の恋人になってくれ、ソランジュ」

「でも……」

ソランジュの胸《むね》の奥で、「暴虐《ぼうぎゃく》の女王」の末路が渦《うず》を巻く。

「きみの心配事は現実にならない。俺が保証する」

ソランジュの双眸《そうぼう》が涙の膜《まく》に覆《おお》われた。

「だから、きみの本当の気持ちを聞かせてほしい」

宝玉のような薄紫《うすむらさき》色の瞳から、一筋の涙がこぼれた。

「わたしも、アルベリク様が好き……です」

「よかった……ここで『嫌い』だと言われたら、どうしようかと思った」

アルベリクは心底ほっとしたように大きく息を吐《は》き出《だ》した。

長い指先がソランジュの頰《ほお》をなぞって、涙を拭《ぬぐ》った。

「嫌いじゃないわ。好きよ、アルベリク様」

そう言って微笑みかけると、今度は両方の手のひらで頰を包まれた。

顔を上向けられ、アルベリクの唇が近づいてくる。

ソランジュは覚悟《かくご》を決めてきつくまぶたを閉じた。

心臓が早鐘《はやがね》のように鳴《な》り響《ひび》いて、頭の奥がぐらぐらしてくる。

二人の吐息《といき》が絡《から》み合《あ》う距離《きょり》で、緊張《きんちょう》が限界に達したソランジュは無意識に守り神へ祈《いの》りを捧《ささ》げてしまった。


夢の世界。

「……これは反則じゃないか？」

「ごめんなさい！　悪気はないの！　勝手に力が発動して……！」

とてつもなく残念そうな表情のアルベリクと、平謝《ひらあやま》りする金色の羊。

「まだ、心の準備が……」

「俺も性急だった。謝る」

アルベリクは、身を乗り出して羊のソランジュを凝視《ぎょうし》した。

「しかし、あらためて見ると不思議なものだな。ソランジュが羊で羊がソランジュ……」

「そんなにジロジロ見られると恥ずかしいわ」

「触《さわ》っても構わないか？」

「え、ええ。少しなら」

ソランジュがぽてぽてと歩み寄ると、アルベリクは金色の毛並みにそっと触れた。

もふ、もふ、もふ……。

何度かなでると、今度は丸っこい身体を抱《だ》き上げて膝《ひざ》に乗せられた。

「きゃっ」

「軽いな。それに温かい」

アルベリクは、丸くてふわふわした羊の身体を胸に抱いた。

「こんなに小さな身体で、何度も俺を癒してくれたんだな……」

「アルベリク様が苦しむ姿は見たくなかったから」

「そうか。ありがとう」

まるで子犬にするように、アルベリクはソランジュの頭をなでた。

「そういえば、初めて会った頃《ころ》は俺に力を使うと気を失っていただろう？　今は平気なのか？」

「わたしもよくわからないけれど、黒竜《こくりゅう》の気配が強かった頃は疲労《ひろう》も大きかったみたい。今はほとんど気配を感じないから、癒しの加護を使ってもなんともないと思うわ」

「黒竜の存在が、俺だけではなくきみにも影響していたんだな。知らなかったとはいえ、本当にすまなかった」

アルベリクはソランジュの身体をそっと降ろすと、頭を下げた。

「顔を上げて。アルベリク様は悪くないわ」

ソランジュは、洞窟《どうくつ》の中へと視線を向けた。

「マルセル先生が言っていたの。わたしの力を使えば、黒竜の呪《のろ》いを消し去ることができるかもしれないって」

「危険だ。確信もないのに、そんなことはさせられない」

ソランジュが洞窟へ向かおうとすると、アルベリクの手に押さえられた。

「やってみないとわからないでしょう？　放して」

「ダメだ。きみに何かあったら俺は耐《た》えられない」

アルベリクはソランジュの小さな身体を抱き寄せた。

金色の毛並みに顔をうずめられる。吐息がソランジュの背にかかった。

「ようやく想い合えたんだ。手放してたまるか」

「アルベリク様……」

その時だった。

洞窟の奥から地響《じひび》きと黒竜の咆哮《ほうこう》が聞こえてきた。地面が揺《ゆ》れる。

「黒竜か？」

アルベリクはソランジュを抱きかかえた体勢で洞窟の入り口から離れた。

ずしり……ずしり……と、重厚《じゅうこう》な足音がゆっくりと近づいてくる。

やがて、真っ暗な洞窟の中から、漆黒《しっこく》の巨体《きょたい》と鮮血《せんけつ》のような深紅《しんく》の瞳を持った黒竜が姿

を現した。

「あれが黒竜……」

アルベリクの腕《うで》の中でソランジュがつぶやく。

「ひさしいな、小童《こわっぱ》」

壮年《そうねん》の男性の声で、黒竜が言った。

(小童……)

ソランジュは硬《かた》い表情を浮かべるアルベリクの顔を見た。

何百年も生きている守り神からしてみれば、二十二歳のアルベリクは小さな子どもと同じなのだろう。

「黒竜ディオニールよ。どのような風の吹《ふ》き回しだ？　自ら姿を見せるなど」

光も音もない洞窟の奥深《おくふか》くに、黒竜はずっと潜んでいたとアルベリクは前に言っていた。

国王に即位《そくい》した時に姿を見せたきり、一度も出てきていない。

「ようやく、あの牢獄《ろうごく》から出ることができた」

「牢獄だと？」

アルベリクの三倍ほどの体長をした黒竜は、長い首をめぐらせて洞窟を示した。

「我は、長きに渡って囚《とら》われていた。自分自身に呪いをかけたためにな」

「自分自身に……？」

ソランジュが聞き返すと、黒竜は深紅の瞳をきらめかせた。

「もうずいぶんと昔のことだ。ある国の守り神に恋慕《れんぼ》の情を抱いてしまった」

「守り神同士の恋《こい》は禁忌《きんき》だろう？」

アルベリクが問いかけると、黒竜は首肯《しゅこう》した。

「我の片恋《かたこい》だった。遂《と》げることのない恋情《れんじょう》を抱くことに耐えられなくなった。我は、己《おのれ》の心を消す呪いをほどこした」

黒竜は長い尾《お》をゆったりと揺らしながら、想いを馳《は》せるように空を見上げた。

「すると今度は、我の守り神としての加護がコルドラの地に届かなくなった。心のない守り神が国を守護できるはずもないからな。朽《く》ち果《は》てていくコルドラの惨状を憂《うれ》えた当時の王が、その身を依《よ》り代《しろ》にして我を取り込んだ。我は、王の生気を食《く》らうことでコルドラの地にふたたび加護を届けることができるようになった」

「けれど、今度は生気を食われた国王が人の心をなくしてしまった……といったところか？」

「その通り、すべて我の失態だ。心から詫びよう。コルドラの王よ」

「自分の心を消してしまえば、呪いを解こうなんて感情すら湧《わ》かないものな」

アルベリクは淡々《たんたん》と言葉を並べた。

「でも、どうして今になって呪いが解けたの？」

「その王が、心を思い出させてくれたからだ。羊の姫君《ひめぎみ》よ」

「心を？」

ソランジュは薄紫色の瞳をきらめかせながら、アルベリクを見上げた。

「王の心と我の身は連動している。王がそなたに抱いた恋情が、氷のように固まっていた我の身を溶《と》かしたのだ」

「恋情……」

アルベリクの心と、黒竜がつながっている……ということは。

「あ、あのっ、もしかして、さっきの……あの、あれ……っ！」

言葉にならないソランジュに、黒竜はふっと笑いを漏らした。

「現実世界での会話も我には筒抜《つつぬ》けだ。いいものを見せてもらった」

「いやああああああっ！」

二人っきりだったから素直になれたのに、他人（他竜？）に見られていたなんて。

「い、今すぐ記憶《きおく》から消してくださいっ！」

「はてさて、どうしたものか」

「アルベリク様もなんとか言って！」

しかし、アルベリクはすでに羞恥心《しゅうちしん》が天元突破《とっぱ》して目を開けたまま気絶していた。

「そろそろ行くとしよう」

黒竜の勇壮《ゆうそう》な両翼《りょうよく》がばさりと舞《ま》う。

「どちらへ？」

「夢の外……現実の世界だ。小童を通して羊の加護を得て呪いが消えたことで、王と我のつながりは断《た》たれた。これからは天からコルドラの地へ加護を授けることとしよう」

「アルベリク様は、もう悪夢を見なくて済むんですか？」

「長い間、迷惑をかけた。先の王にいたっては死へ追い込んでしまった。なんと言って詫びたらいいか……本当にすまなかったと、王に伝えてほしい」

「わかりました」

黒竜は天へ羽ばたく直前、もう一度ソランジュの顔を見た。

「我が一度きりの片恋をした相手の名は、ヒュプノラという」

「ヒュプノラ様？　レアリゼの？」

「今のそなたと似た姿形をした、愛らしい守り神だ」

そう言い残して、黒竜は大きく羽ばたいて天高く舞い上がった。

瞬《また》く間《ま》にその姿は空の向こうへ消えていった。

（黒竜ディオニール様……また会えるかしら？）

ふと、ソランジュは自分の短い四肢《しし》に目をやった。

（ヒュプノラ様って、こんな姿をしているの？）

もう少し、シュッとした感じの威厳《いげん》のある姿を想像していたので、残念な気持ちになった。レアリゼの聖堂に描《えが》かれているヒュプノラは、すらりとした一角獣《いっかくじゅう》の姿だったはず。

（理想と現実の差がすごいわ……）

ソランジュは、自分を抱きしめたまま固まっているアルベリクの腕をぽむぽむと叩《たた》いて呼びかけた。

「アルベリク様、正気に戻って。わたしたちも帰りましょう」

「……っ、ああ、ソランジュ。黒竜は？」

「もう夢の外へ行ったわ。アルベリク様の呪いも消えたそうよ。長い間、迷惑をかけてすまなかったと伝えてほしいって」

「そうか……」

いつの間にか、深淵《しんえん》の闇《やみ》へ続く大きな洞窟は消滅《しょうめつ》していた。

代わりに、虹色《にじいろ》の花畑が広がっていた。

目が覚めると、二人はソファの上で寄《よ》り添《そ》っていた。

ソランジュはアルベリクの肩に頭を預けて、アルベリクはソランジュをしっかりと抱きしめていた。

「きみのおかげだ、ソランジュ。ありがとう」

「婚約破棄される前に力になれてよかったわ」

「……ずっと気になっていたのだが、なぜ婚約破棄されると思っていたんだ？」

アルベリクは怪訝《けげん》な顔でソランジュを見た。

「アルベリク様は、婚約しても結婚前には破談にすると有名だったので……」

「……反論はあるが否定はできないな」

アルベリクの指がソランジュの顎に触れた。

「ひゃっ」

「だけど婚約者を募るのは君で最後だ」

夢の中へ連続して潜《もぐ》ることはできない。先ほどのように寸止めで逃《に》げる方法はもう使えない。

ソランジュは肩を震《ふる》わせて、両目をきゅっと閉じた。

……こつんっ。

「え……？」

目を開けると、アルベリクの顔が間近にあった。

触れ合ったのは、互《たが》いの額だった。

「結婚式までに、心の準備をととのえておいてくれ」

「……はい」

ソランジュは、触れ合った額に指先を当てた。

そこは、ほんのりと熱を帯びていた。

ほどなくして、ブロンデル侯爵家からの迎えが到着《とうちゃく》し、目を覚まして着替えを済ませたグレースは高笑いとともに騒《さわ》がしく去って行った。

ソランジュはその夜、次に会った時は、一緒に庭の花を眺《なが》めましょうと書き添えて、グレースにお詫びとお礼の手紙をしたためた。

そしてそれをもう一人に向けた手紙とともに使用人に託したのだった。

翌日の昼。

ソランジュとアルベリクは、レティシアたちの住む東の離宮を訪れた。

約束通り、朝のうちに焼き菓子をたっぷり焼いて持参した。

「シャルリーヌ様とお会いするのは初めてだから、緊張するわ」

「姉上は少し変わっているが気さくな人だ。すぐに打ち解ける」

「それならいいのだけど」

ソランジュは人見知りしない性格だが、それでも初めての人と会う時は緊張する。

使用人の案内で応接室へ通されると、そこには黒髪《くろかみ》の小さな男の子が一人でぬいぐるみと遊んでいた。

「アル！」

男の子は、小さな手で大きなぬいぐるみを抱《かか》えたまま、ちょこちょこと駆け寄った。

「イアン。今日はお母様も一緒か？」

「うん！」

元気よく返事する男の子の頭を、アルベリクは優しくなでた。

（か、可愛い……！）

この子が、アルベリクの甥《おい》のようだ。

「ソランジュ。姉の息子《むすこ》、イアンだ」

「こんにちは、イアン様」

「こにちわ！」

イアンは小さな手を挙げて大きな声で挨拶をした。

（まあああ、可愛い上に礼儀正《れいぎただ》しい……！）

ソランジュは、無垢《むく》な子どもの尊さに失神しそうだった。

「イアン。この人は……」

「アルのかのじょ！」

大正解なのだけれど、猛烈《もうれつ》に恥ずかしい。ソランジュもアルベリクも顔を真っ赤にしてうつむいた。

「は、はい……。アルベリク様の彼女のソランジュです……」

自分で言っていて死ぬほど恥ずかしい。喉《のど》の奥からピンク色の砂糖が出てきそうなくらい恥ずかしい。

「いちゃいちゃする？」

「し、しません！」

穢《けが》れのない顔をして、どこでそんな言葉を覚えてきたのだろう。子どもの無邪気《むじゃき》さとはおそろしい。

「あら、イアン。ここにいたのね」

「おかーさま！」

ゆったりと波打つ長い黒髪を背中に流した、妖艶《ようえん》な雰囲気《ふんいき》の美女が現れた。

経産婦とは思えないしなやかな肢体《したい》の曲線に沿ったドレスを身にまとっていて、膝下《ひざした》のスリットから覗くふくらはぎが艶《なま》めかしい。

一言で表すなら、色気の権化《ごんげ》のような女性だった。

「姉上」

「あら、アルベリク。婚約式もパーティーも出られなくてごめんなさいね」

「いいえ」

妖艶な美女は、ソランジュに視線を向けた。

「あなたがソランジュ王女かしら？」

「は、はい。お初にお目にかかります。ソランジュ・レアリゼと申します」

「シャルリーヌ・セルトンよ。はじめまして」

アルベリクと同じ深緑色の瞳が麗《うるわ》しい彼女は、ソランジュの手を握って微笑みかけた。

「セルトン……？」

どこかで聞いたことのある家名だが、すぐには思い出せなかった。

「夫は、あなたと顔見知りのはずよ」

シャルリーヌは含んだような笑みを浮かべた。

「え？　ええと……」

戸惑《とまど》うソランジュに、アルベリクが耳打ちした。

「リュカだ」

「さっ、宰相《さいしょう》様⁉」

ソランジュの脳裏《のうり》に、笑顔《えがお》の爽《さわ》やかな腹黒宰相の姿が浮かんだ。

「……の奥様？」

「ええ」

シャルリーヌは楽しそうに、にっこりと微笑んだ。

「…………」

ここ数日の出来事で、一番衝撃《しょうげき》が強かった。黒竜のあれこれよりもずっと。

（アルベリク様と宰相様は義理の兄弟だったのね……）

ぽかんと大口を開けるソランジュを見て、シャルリーヌは指をさして笑った。

「アルベリク。この子、面白いわね。気に入ったわ」

「俺の婚約者をあまりからかわないでくださいね」

「おかーさま。アルとソランジュ、いちゃいちゃする」

シャルリーヌのドレスの裾を引きながら、イアンが言った。

ソランジュは顔を真っ赤にして縮こまった。

「ごめんなさいね、ソランジュ。教えたわけじゃないんだけど、わたしの言うことを全部覚えちゃって」

「姉上。イアンの前で教育上問題のある発言はひかえてください」

「わかっているわよ。あなたはいちいち小姑《こじゅうと》みたいね」

シャルリーヌは拗《す》ねたように口を尖《とが》らせながら、ぬいぐるみごとイアンを抱き上げた。

やがて、レティシアとベルティーユも合流してお茶会が始まった。

ソランジュの持参した焼き菓子は、思いのほか好評だった。

田舎《いなか》から出てきた素人《しろうと》の作ったお菓子なんて、大国の王族の口に合わないのではと心配だったけれど、嬉しそうに食べてくれて安心した。

まだ小さいイアンには、軽い歯触《はざわ》りのクッキーを選んだ。

「おいしい！」

「よかったです」

口の周りにクッキーの粉がついているところがまた可愛らしい。癒される。

「いよいよ結婚式ねえ。楽しみだわ～」

レティシアが頬に手を添えて、しみじみと口にした。

「シャルお姉様、結婚式は来られそう？」

「もちろん出席するわ。イアンも連れていくつもりよ」

シャルリーヌの膝の上で、イアンはクッキーのかけらをこぼしながら一生懸命に食べている。シャルリーヌがその都度、息子の口の周りを拭《ふ》いていた。

「アルベリク。新婚《しんこん》旅行はどこへ行くの？」

レティシアに尋ねられ、アルベリクは黙り込んだ。

「……考えていなかった」

「まあ」

「嘘でしょ、お兄様？」

「……愚弟《ぐてい》」

女性三人は一斉《いっせい》にアルベリクへ非難じみた視線を向けた。

「わたしは別に、新婚旅行はなくても平気です。結婚自体、急遽《きゅうきょ》でしたし」

「いいえ、いけません！」

アルベリクをフォローしたつもりだったが、ソランジュはレティシアからぴしゃりと言い返された。

「行かないと絶対に後悔《こうかい》するわよ。五年経《た》った頃に『あの時どこにも連れて行ってくれなかった』と思うようになるわ」

レティシアの弁は、やけに現実味があった。

「アルベリク。この際、行き先は私が決めるわよ。いいわね？」

「母上にまかせるのは心配なので、ソランジュの希望を尊重したいです」

「うーん、たしかにそうねえ。ソランジュちゃん。行きたい場所はある？」

意見を求められたソランジュは、顎に手を添えて考えた。全員が息を詰《つ》めて見守る。

「レアリゼ王国に行きたいです」

「里帰りということかしら？」

レティシアは、納得《なっとく》がいかないというふうな表情で小首をかしげた。

「もちろん、王宮へは挨拶に行きたいです。それとは別で、わたしは事情があってレアリゼの一部しか景色を知りません。レアリゼの色々な土地を回って、景色を見て空気に触れてみたいんです。アルベリク様と一緒に」

その場が沈黙《ちんもく》に包まれる。

(皆《みな》さん、もしかして呆れている？　コルドラを差し置いてレアリゼを選ぶのは失礼だったかしら……？)

ソランジュが内心で慌《あわ》てふためいていると、レティシアが涙ぐんでいた。

(ど、どうして？　わたし、レティシア様を悲しませるくらい失礼なことを言ったの？)

「そうね。生まれ育った国をよく知らないまま、異国で生涯《しょうがい》を終えるなんて悲しいわ」

レティシアは瞳を潤《うる》ませて、ソランジュに言った。

「レアリゼへ行ってらっしゃい。アルベリクなんていなくても、公務の代行は私がいくらでも買って出るわ。何か月かかってもいいから、心ゆくまで楽しむといいわ」

「ありがとうございます」

「アルベリク。行き先はレアリゼに決まりよ。いいわね？」

「ソランジュの望みなら、俺はもちろん賛成ですが、いなくてもいいと言われるのはちょっと」

仮にも国王に向かってそんなことを言えるのは、母親くらいのものだろう。

アルベリクは複雑そうな表情を浮かべていた。

「あの、レティシア様。日程についてご相談なのですが……」

ソランジュは、おずおずと右手を挙げた。

「どうしたの？」

「夏の祝祭が終わってからでもよろしいでしょうか？」

アルベリクと街を散策する約束は、新婚旅行と同じくらい大事なことだった。

「ええ、そうしましょう。祝祭の日はちょうどアルベリクの誕生日だし、お祝いしましょうね」

レティシアは、両手をぽんと打って微笑んだ。

「誕生日？」

ソランジュは、真横にいるアルベリクの顔を見た。

「アルベリク。あなたまさか誕生日も教えていないの？」

「……忘れていました」

アルベリクは真顔だったが、一筋の汗《あせ》がこめかみを伝うのが見えた。

「お兄様、本当そういうところがダメなのよ」

「愚弟の極《きわ》みね」

姉妹《しまい》の辛辣《しんらつ》な言葉が容赦《ようしゃ》なくアルベリクに浴びせられる。

「レティシア様、教えてくださってありがとうございます！　今のうちに知れてよかったです！」

誕生日が過ぎる前でよかった。プレゼントを考えるための猶予《ゆうよ》がある。

「ところで、ソランジュちゃんのお誕生日は何月なのかしら？」

「わたしは五月です。ついこの前、十八歳になりました」

「まあ……」

レティシアは、まるで世界の終わりのような顔をした。

「次のお誕生日までは絶対に離縁《りえん》しないでね。お祝いさせてね」

「も、もちろんです！　死ぬまで離縁する予定はありませんから安心なさってください」

「あらあら～」

レティシアは嬉しそうに微笑んだ。

「今のは実質、誓いの言葉みたいなものね。ねえ、アルベリク？」

「そうですね。心に刻んでおくことにします」

ついさっきまで、アルベリクは姉妹からの雑言に傷ついている様子だったのに、急に満足げな表情に変わった。こうして見ると、アルベリクとレティシアはとてもよく似た親子だった。

ふと、ソランジュは足元に人の気配を感じた。

いつの間にか、イアンがソランジュのそばへやってきていた。

「だっこ」

小さな両手を伸《の》ばされて、拒絶《きょぜつ》できる人間などいるだろうか。

「喜んで！」

ソランジュは吸い寄せられるようにイアンを抱き上げた。

「こら、イアン。ご迷惑よ」

「いいえ、迷惑だなんて」

ソランジュは窓辺のソファへ移動し、イアンの小さく温かい身体を膝の上に乗せた。

大人よりもずっと細い髪の毛がソランジュの顎をくすぐる。まるで仔猫《こねこ》のよう。

（くううう、可愛い〜〜〜〜！）

もちろん、子どもは「可愛い」という気持ちだけでは育てられないとわかっているつもりだけれど、可愛いものは可愛い。存在そのものが宝である。

「ソランジュちゃんは子どもが好きなのね」

イアンとじゃれ合うソランジュを眺めながら、レティシアが言った。

「早く二人の子が見たいものだわ」

「へ⁉」

ソランジュは間の抜けた声をあげて固まった。

「母上、気が早いです。未婚《みこん》の女性の前でなんてことを言うんですか」

アルベリクが慌てて諫《いさ》めるが、レティシアは気にせずニコニコと微笑みを向けてくる。

ソランジュはどんな反応をしたらいいかわからず、曖昧《あいまい》な微笑みを浮かべて二人の会話を見守るばかりだった。

ふいに、ソランジュの腕の中でイアンが身じろぎした。

「イアン様？」

声をかけると、イアンの小さな頭が船を漕《こ》いでいた。

（えっ⁉　待って！）

イアンがこの場で眠ってしまったら、レティシアたちの前で夢の中に潜ることになる。

（ど、どうしよう。持ちこたえて！）

ソランジュの願いもむなしく、イアンのまぶたが閉じられた。

それにともなって、ソランジュも糸の切れた人形のように力が抜けて意識を失った。

現実の世界では小さいイアンが、夢の中ではとても大きく見えた。

枕《まくら》ほどの大きさをした羊のソランジュは、イアンにされるがままに抱きしめられていた。

「ふかふか～」

無垢な子どもの夢は、癒しを与《あた》える側であるはずのソランジュを癒してくれた。

イアンはすぐに目覚めてしまったので短い時間だったけれど、ソランジュは穢れのない幸福なひとときを過ごすことができた。


目が覚めると、肌触《はだざわ》りのいいブランケットがかけられていた。

(大変……皆さんの前で寝ちゃうなんて)

早く起きて詫びなければと思いつつ、まどろむ感覚が心地よくて起きられない。

ソランジュが身じろぎすると、頬が何かの布地に触れた。

ソファに張られている布とは違う感触《かんしょく》だった。

「ん……？」

重いまぶたを開けて視線を上に向けると、すぐ近くにアルベリクの顔があった。

「起きたか？」

「は？　えっ？　ええっ⁉」

ソランジュは弾《はじ》かれたように飛び起きた。ブランケットがわずかにずり落ちる。

どうやら、アルベリクの胸にもたれて眠りこけていたらしい。

ソランジュを夢の中へといざなったイアンはというと、すでに目を覚ましてベルティーユと手遊びをしていた。

おそるおそるテーブルのほうを横目で見ると、レティシアとシャルリーヌが温かい笑顔でこちらを見ていた。

（ああ……気まずい）

ソランジュは顔から火が出そうだった。

「あらまあ、起きちゃったのね？　いい眺めだから、もっと寝ていていいのに」

「そうそう。実の弟が女性を抱いている姿なんて、滅多に見られるもんじゃないもの」

「二人とも、からかわないでください」

アルベリクが母と姉をたしなめる。

離れたところで、イアンがこちらを指さして「いちゃいちゃしてる」と言った。

ソランジュはたまらず、ブランケットを頭からかぶって隠《かく》れた。


その夜、ソランジュは数日ぶりにアルベリクの寝室《しんしつ》を訪れた。

結婚式まで来ることはないと思っていたのに、アルベリクから呼び出しがあったのだ。

（黒竜の呪いは解けたのに、わたしにどんな用事かしら？）

夜着の上からガウンを羽織った姿で、ソランジュは扉をくぐる。

紗幕《しゃまく》の内側で、アルベリクはベッドに腰かけて待っていた。

「アルベリク様？」

「ソランジュか。こっちへ」

呼びかけられて、ソランジュはアルベリクの隣に腰を下ろした。

「どうしたの？　もしかして呪いが解けていなかったとか……？」

「いや、そうじゃない」

アルベリクは笑みを浮かべて首を横に振《ふ》った。

「前に言ったことを覚えているか？　俺が必要としているのは、癒しの加護ではなく、きみ自身だと」

アルベリクはソランジュの肩を抱き寄せた。

「呪いが解けても、きみがいないとうまく眠れない」

熱い吐息まじりの声がソランジュの鼓膜《こまく》を震わせた。

「俺はもう、きみなしでは眠れない身体になってしまったようだ」

「え、あの……？」

唇が触れそうで触れないギリギリのところで、アルベリクは囁《ささや》きかけてくる。

「責任をとってくれ」

「そんな……！」

混乱するソランジュに、アルベリクはこう告げた。

「先に言っておくが、俺を眠らせて夢の中へ逃げるのはナシだからな」

「ずるいわ……！」

「反則を使ったのはきみが先だろう？」

愛おしそうに見つめてくるアルベリクの視線に耐えられず、ソランジュは話題を変える。

「そういえば昨日、お父様に手紙を書いたの。……結婚を認めてほしいって」

ソランジュは加護の力が原因で、レアリゼの離宮で暮らしていたことや、今回の婚約も父に反対されていたことを話した。

「それならもう心配はない。許可をいただいている」

「え!?　どういうこと!?」

「きみに加護の力があるとわかった時、改めて正式な結婚の申し入れをしていたんだ。〝きみを悲しませない〟という条件でレアリゼの国王直々に許可の手紙をいただいている」

「え……でも……」

困惑したままのソランジュをアルベリクは優しく抱きしめる。

「これでもう心配事はなくなったか？」

結婚の許可だけでなく、疎まれていると思っていた父からの温かいメッセージを理解し、ソランジュはアルベリクの夜着の袖《そで》を思わずきつく掴《つか》んだ。

「アルベリク様、ありがとう……！」

嬉しそうに言うソランジュの髪をアルベリクは優しく撫でた。

この夜、ソランジュは本当の意味でアルベリクの抱き枕となった。

アルベリクの吐息が首筋や頬や耳にかかって、くすぐったくても恥ずかしくても逃げられなくて、鼓動《こどう》は余すところなく彼に伝わってしまう。

ソランジュの身体を抱きしめたアルベリクが眠りについて、その夢に引き込まれて意識を失うまでの長い間、ソランジュは生きた心地がしなかった。

夢の中で会ったアルベリクは、このうえないほど幸せそうな顔をしていた。

ソランジュはなんとなく、前足の蹄《ひづめ》でアルベリクの膝を殴《なぐ》った。照《て》れ隠しである。

夜明けと共に目覚めると、アルベリクの顔が間近にあった。

「おはよう」

アルベリクはめずらしくソランジュより先に起きていたらしい。ベッドに広がる金色の長い髪を愛おしげに撫《な》でている。

（寝顔《ねがお》……見られた？）

かあっと頬を染めるソランジュに、アルベリクが微笑みかける。

「先に起きると、寝顔を堪能《たんのう》できるという特権があるんだな」

これまで、ソランジュはさんざんアルベリクの寝顔を見てきたのに、自分の寝顔を見られるのは恥ずかしくてたまらない。

「あまり見ないで……」

「それは無理な相談だ。可愛いきみが悪い」

アルベリクはソランジュの背に手を回して抱き寄せた。

「やっぱり、きみ自身が何よりの癒しになる」

「アルベリク様、もう朝よ。起きないと……」

「あと五分」

そう言ったアルベリクは結局、十五分もソランジュを抱きしめて離さなかった。

結婚式まであと五日。

エピローグ

王宮の大聖堂に花婿《はなむこ》と花嫁《はなよめ》が入場する。

厳《おごそ》かな雰囲気《ふんいき》の中、参列客から拍手《はくしゅ》が起こった。

清廉《せいれん》な白の礼装に身を包んだアルベリクと、同じく純白の花嫁衣装《いしょう》を身にまとったソランジュは、ぴったり寄《よ》り添《そ》って一歩ずつ進んでいく。

参列客の中には、娘《むすめ》に悲しい思いをさせたくないがゆえに結婚《けっこん》を禁じた父、レアリゼ王がいた。涙目《なみだめ》で両手を叩《たた》いている。

ソランジュの母と二人の姉たち、長姉《ちょうし》の夫も参列している。

それから、ピンクブロンドの縦ロールが目立つド派手な侯爵令嬢《こうしゃくれいじょう》も。グレースは、ソランジュの花嫁姿に感極《かんきわ》まって泣くのをこらえていた。

神父の言葉に従って、二人は永遠の愛を誓《ちか》う文言を述べる。

「それでは、誓いのキスを」

そして、向かい合ってアルベリクがソランジュのヴェールを上げた。

ソランジュはまぶたを閉じ、顎《あご》を震《ふる》わせて顔を上向ける。

参列客の見守る中、二人の唇《くちびる》が少しずつ近づいていき、重なる瞬間《しゅんかん》。

「ま、待って。やっぱり無理‼」

「おい！」

ソランジュは、力いっぱいアルベリクの顎を押しのけた。

「こんな人前でキスなんて恥《は》ずかしいもの……！」

アルベリクは顔を真っ赤にするソランジュを背中に隠《かく》して、参列客へ向けて言った。

「申しわけない。誓いのキスは省略で」

残念そうなため息が漏《も》れる中、リュカが呆《あき》れたようにこぼした。

「一緒《いっしょ》に寝《ね》ているくせに、キスもまだだったのかよ。健全か」

その言葉を耳ざとく聞きつけたレアリゼ王が「結婚前から一緒に寝ているとはどういうことだ⁉」と声をあげた。

これ以上、騒《さわ》ぎが大きくなる前に、アルベリクはソランジュの手を引いて大聖堂から逃《に》げ出《だ》した。

「ごめんなさい……」

人気《ひとけ》のない庭園まで移動した二人は、ようやく人心地《ごこち》ついた。

「は、初めてだし……父親の前とか友達の前っていうのも、すごく抵抗《ていこう》があって……」

「気にするな。眠《ねむ》らされなかっただけマシだ」

アルベリクが茶化すように言うと、ソランジュは頬《ほお》をふくらませた。

「意地悪」

「少しくらい意地悪してもいいだろう？　今日までずっと我慢《がまん》してきたんだ」

アルベリクはソランジュの腰《こし》を引き寄せ、指先で唇をなぞった。

「二人きりだ」

「……うん」

「それでも無理か？」

「……無理じゃないわ」

ソランジュは薄紫《うすむらさき》色の瞳《ひとみ》をほんの少しだけ潤《うる》ませて答えた。

アルベリクに縋《すが》るように、衣装の端《はし》を指先で摑む。

目を閉じると、温かくてやわらかいものが唇に触《ふ》れた。唇が離《はな》れる瞬間は、弾《はず》むような感触《かんしょく》がなんだかくすぐったくて照れくさかった。

「今のが、わたしたちの誓いのキス？」

「不満か？」

「ううん、そうじゃなくて……」

ソランジュは頬を真っ赤に染めて睫毛《まつげ》を伏《ふ》せた。

「一瞬《いっしゅん》だったから、よくわからなかったわ」

瞬《まばた》きをするアルベリクに、ソランジュは視線を合わせた。

「アルベリク様。もう一回」

「誓いのキスのおかわりなんて、初めて聞いた」

アルベリクは笑いをこらえて肩《かた》を震わせた。

「だめ?」

「いや、駄目《だめ》じゃない。俺も何度でもしたい」

アルベリクはソランジュの頬を両手で包み込んで、今度はゆっくりと愛を注ぎ込むように唇を重ねた。


二人だけの永遠の誓いをここに。

おわり

番外編　グレースの憂鬱

「ひぎゃあああああああっ！」

ブロンデル侯爵邸《こうしゃくてい》の裏庭で、天を衝《つ》くような悲鳴があがった。

「グレースお嬢様《じょうさま》！　どうなさいましたか⁉」

悲鳴を聞きつけたメイドが駆《か》けつけると、ピンクブロンドの縦ロールの上からスカーフでほっかむりをした、木綿《もめん》のワンピース姿のグレースが地面に尻餅《しりもち》をついていた。

「ミッ……ミミズが……っ」

グレースが指を差した先には、自分の髪《かみ》の毛《け》とよく似たピンク色のミミズが土の上を這《は》っていた。

「グレースお嬢様。ミミズがいるということは、この土は栄養のある良質な土なのですよ。ミミズは土をやわらかく耕してくれるのです」

「そ、そうですの……？」

メイドの手を借りて立ち上がったグレースは、足元をうねうねと這うミミズの姿に全身を震《ふる》わせた。

（彼女はきっと、こんなミミズなんて平気で触《さわ》れるのでしょうね）

グレースの脳裏《のうり》に、顔を泥《どろ》だらけにして笑顔《えがお》で畑仕事をする天真爛漫《てんしんらんまん》な金髪《きんぱつ》の少女の姿が浮《う》かんだ。

かつてはグレースと婚約《こんやく》していた国王アルベリク。彼が新たな婚約者に選んだのは、田舎《いなか》の小国からやってきたソランジュだった。

好きでもない土いじりを自宅でしてみようと思ったのは、ソランジュへの対抗《たいこう》心。

それから、過去のグレースが心のどこかで土に触《ふ》れるアルベリクを見下していたことへの罪悪感もあった。

自らの手で土を耕して作物を実らせることができたら、グレースが抱《かか》えているわだかまりが消えてくれる気がした。ただの自己満足かもしれないけれど。

「グレースお嬢様。畑には何を植えられるご予定なのですか？」

「まだ決めていませんの。今の時季はどんな野菜が適しているのかわかりませんし……」

メイドをともなって屋敷《やしき》へ向かって歩くグレースは、自分が何を育てたいかわからないことに愕然《がくぜん》とした。先日、ソランジュから教わった「雑草を抜《ぬ》いて土を耕す」という工程の先について、何も考えていなかったのだ。

縦ロールを覆《おお》うスカーフをほどいて丁寧《ていねい》にたたむ。

「そうですねえ。今の時季に植えられて、なおかつ育てやすい作物というと……」

「野菜もいいですが、ハーブのほうが育てやすくておすすめですよ」

メイドの言葉を引き取ったのは、ここにいるはずのない人物だった。

「な……っ」

「ごきげんよう、グレース様」

肩《かた》まで伸《の》びた青みがかった銀髪《ぎんぱつ》に碧眼《へきがん》の、物腰《ものごし》やわらかな麗《うるわ》しい青年。

「なっ、なぜ、マルセル様が我が家《や》にいらっしゃいますの？」

グレースは咄嗟《とっさ》に、握《にぎ》っていたスカーフで顔の汚れを拭《ふ》いた。

アルベリクの幼馴染《おさななじ》みで、筆頭公爵《こうしゃく》家であるエナン家の嫡男《ちゃくなん》。

いつも笑顔でどこか摑《つか》みどころのない彼が、グレースは昔から苦手だった。

「ロビンからおすすめの本を見繕《みつくろ》ってほしいと頼《たの》まれたので、それを届けに」

（お兄様ったら、本くらい自分で借りに行けばいいでしょうに）

兄のロビンは本の虫で、王立図書館に勤めているマルセルと仲が良《い》い。マルセルが頻繁《ひんぱん》にブロンデル侯爵邸を訪《おとず》れるため、嫌《いや》でも顔見知りになっていた。

見れば、テラスで優雅《ゆうが》に読書にふける兄の姿があった。グレースは拳《こぶし》を握りしめて、心の中で兄を恨《うら》む。

苦手な相手にこんな汚れた姿を見られるのが屈辱《くつじょく》で、今すぐ走って逃《に》げ出《だ》したい気持ちを必死にこらえた。

「まさか、マルセル様もご自身で畑をお作りになっていらっしゃいますの……？」

グレースは、乱れた前髪《まえがみ》とワンピースの裾《すそ》をさりげなく直しながら問いかけた。

「いえ、まったく。農作業は僕の性《しょう》に合《あ》わないので」

マルセルは、あっさりと言いきった。

「畑は作っていませんが、自宅の室内で鉢植《はちう》えのハーブを育てています。楽しいですよ」

「ハーブは、お部屋で栽培《さいばい》ができますの？」

「はい。よかったら今度、園芸の本をお持ちしますよ」

ぜひ、と言いかけて、グレースは言葉を飲み込んだ。

マルセルに借りを作るのは癪《しゃく》だった。ソランジュのお披露目《ひろめ》パーティーで、あらぬ噂《うわさ》を流した負い目もある。

「差し出がましいことを言いましたね、すみません。気が向いたら図書館へいらしてください」

「あ……」

マルセルは一礼して、テラスにいるロビンのほうへ歩いて行った。

去り際の笑顔がどこか寂《さび》しそうに見えたのは、グレースがマルセルの厚意《こうい》を突《つ》っぱねてしまうような態度をとったせいだろうか。

プライドばかり高くて可愛《かわい》げのない自分が嫌になる。

ソランジュのような素直《すなお》さと愛らしさが、爪《つめ》の先ほどでも自分にあればいいのに。

グレースの小さなため息は、午後の風にさらわれていった。


数日後、グレースは王立図書館を訪れた。

（べっ、別に、マルセル様に言われたから来たのではありませんわよ！）

誰《だれ》に聞かれたわけでもないのに、グレースは心の中で弁解する。

先日は泥だらけの姿を見られてしまったので、今日は豪奢《ごうしゃ》な外出着に身を包んで入念に化粧《けしょう》をほどこしている。

いつもなら高い踵《かかと》を床《ゆか》に打ちつけるように歩くところだが、図書館では靴音《くつおと》をたてないようにそっと足を運ぶ。

「グレース様。来てくれたんですね」

返却《へんきゃく》された本を棚《たな》に戻《もど》していたマルセルが、グレースに気づいて振《ふ》り返《かえ》った。

「そ、その……先日おっしゃっていた園芸の本って、ありますかしら？」

「どうぞこちらへ」

マルセルに案内されて貸出カウンターへ移動すると、数冊の書物が用意されていた。

その隣《となり》には、小さな鉢植えの植物が置かれている。

明るい緑色の葉が重なり合う様子が可愛らしい。

「僕が育てているバジルです。株分けして自宅から持ってきました」

マルセルは素焼《すや》きの鉢《はち》を差し出した。

「もしよければ、もらっていただけませんか？」

「これを、わたくしに……？」

グレースは赤紫色《あかむらさきいろ》の双眸《そうぼう》を見開いた。

「ご迷惑《めいわく》でなければ」

「どうして……？」

マルセルにとってグレースは「親友のアルベリクとの婚約を一方的に反故《ほご》にした失礼な女性」のはず。親切にしてくれる理由が思い当たらない。

グレースがいつ図書館に来るかもわからないのに、そもそも来ないかもしれないのに、わざわざ丁寧に鉢植えを用意するなんて。

「バジルは、日差しの強いところに置くと弱ってしまうんです。それから、水をやりすぎると根が腐《くさ》ってしまいます」

植物は日光と水をたっぷり与《あた》えればいいものだと思っていた。何も知識がないまま畑で作物を育てていたら、枯《か》らしてしまっていたかもしれない。

「植物はそれぞれ個性があって、育て方が異なります。それは人も同じだと思うんです」

グレースは、マルセルと彼の持つ鉢植えを交互《こうご》に見た。

「僕は、グレース様は太陽の下で畑仕事をするよりも、風通しのいい窓辺で花や緑を愛《め》でているほうが似合うと思います」

「……土に汚れたわたくしの姿が無様だったから、そうおっしゃるの？」

「ちっ、違《ちが》います！　そうじゃなくて……」

静かな館内に声が響《ひび》き渡《わた》り、マルセルは慌《あわ》てて声を抑《おさ》えた。

「とても繊細《せんさい》だと……言いたかったんです」

「そんなこと、初めて言われましたわ」

グレースは自分を強い人間だと信じているし、家族からは「神経が熊の脚《あし》よりも太い」と言われている。

「グレース様は、見た目は大輪の花のように華麗《かれい》で強い印象を周りに与えると思います。でも、美しい花は触れただけで傷ついてしまう。僕の目には、グレース様は繊細で傷つきやすい女性に見えるんです」

「おかしな方ですわね」

胸《むね》の奥が疼《うず》くようなくすぐったさは、なんと形容したらいいのだろう。

「こちら、頂戴《ちょうだい》しますわ。ありがとうございます」

グレースは、マルセルの手から鉢植えを受け取った。

マルセルの顔が、ぱっと華《はな》やいだ。

「水やりは二、三日に一度の頻度《ひんど》で、できれば朝にあげてください。それから……」

「園芸の本も貸してくださるのでしょう？　自分で勉強しますわ」

「そうですね、すみません」

マルセルは恥《は》ずかしそうに微笑《ほほえ》んだ。

「あっ。鉢、馬車までお持ちしますね。重いものを持たせてすみません」

一度はグレースに渡した鉢植えをマルセルはふたたび持って、小脇《こわき》に園芸の本を三冊抱えて歩き出した。グレースも後に続く。

「バジルの葉、収穫《しゅうかく》したらソランジュ様にお裾分《すそわ》けしてもよろしいかしら？」

「もちろんです。きっと喜ぶと思いますよ」

「ソランジュ様のことですから、お菓子《かし》の材料になるでしょうね」

結婚式《けっこんしき》を数日後にひかえた未来の王妃《おうひ》を思い浮かべながら、二人は微笑んだ。

図書館の外へ出ると、午後の陽光が燦々《さんさん》と降り注いでいた。

マルセルの腕《うで》の中で、鉢植えのバジルの葉が太陽の光を照り返してきらきらと輝《かがや》く。

元婚約者の親友で、兄の友人。

グレースの中でマルセルの存在が形を変えていくのは、まだ先の話。

番外編　夏の祝祭と生誕祭

「コルドラでは、国王生誕祭はやらないの？」

「そういった予定はない」

夏の祝祭の数日前。朝食の席でソランジュが尋《たず》ねると、アルベリクは即座《そくざ》に否定した。

「歴代の国王は黒竜《こくりゅう》の呪《のろ》いに耐《た》えることに精一杯《せいいっぱい》で、それどころではなかったからな」

「言われてみればそうね……」

七月の末に開催《かいさい》される夏の祝祭。この日はアルベリクの誕生日なのだが、国王の誕生日なら国を挙げて祝うものだとソランジュは思い込んでいた。

「レアリゼでは生誕祭が行われるのか？」

「ええ。両親と姉たちが城下でパレードをするの。わたしは参加していないんだけど」

「すまない。つらいことを思い出させたな」

結婚式前に打ち明けた、ソランジュのレアリゼでの暮らしをアルベリクは気にしていたようだ。

「ううん、ちっとも。わたしはこっそり沿道でパレードを見物していたもの。楽しかったわ」

屋台の焼き菓子《がし》や骨付き肉を頰張《ほおば》りながら観客に紛《まぎ》れていたソランジュの姿は、両親と姉たちにしっかり目撃《もくげき》されていたのだが、本人だけが知らずにいる。

「俺の生誕祭なんか催《もよお》したら、二人で祭りを見物できなくなるぞ。それでもいいのか？」

「それは……嫌《いや》かも」

夏の祝祭では国中が花にあふれ、豊漁と豊穣《ほうじょう》を祝う音楽が流れると聞いている。二人で祭りを見て回ると約束しているのだ。

「夜の篝火《かがりび》はとても綺麗《きれい》だぞ」

「見たい……！」

「俺も、即位《そくい》してからは一度も祭りを見に行けていないからな。きみと同じくらい楽しみにしている」

本来なら、国民に王の姿を見せるよう説得するのが王妃《おうひ》の務めだと思うのだけれど、今年だけは街の人たちに紛れて祭りを楽しみたいという気持ちが勝ってしまった。

「来年は生誕祭について検討してね。呪いが解けて身体《からだ》も元気になったんだもの」

「ああ、もちろんだ」

会話が一区切りつくと、二人は優雅《ゆうが》な所作で料理を口へ運び始めた。

結婚《けっこん》後も続いている王妃教育のおかげで、ソランジュの作法はレアリゼにいた頃よりもずっと成長していた。

音をたてずに鶏肉《とりにく》の香草焼《こうそうや》きを美しく切り分けるソランジュは、心の中でそわそわしていた。

（アルベリク様、喜んでくれるかしら？）

何日も前から準備しているプレゼント。

誕生日当日の、いつ、どこで、どんなタイミングで渡《わた》そうか、今も悩《なや》み続けていた。

そして悩みながら、今朝も料理をおかわりするのだった。

七月末日。夏の祝祭当日。

城下町は朝から祭りの見物客でにぎわっていた。

コルドラの王都は日頃《ひごろ》から人の行き来が活発だが、今日はその比ではなかった。

「わあ、すごい人……」

「ソランジュ。手を離《はな》すなよ」

街歩き用に変装したアルベリクがソランジュの小さな手をぎゅっと握《にぎ》った。

ソランジュも今日は目立たないように、長い金髪《きんぱつ》をおさげにして変装用の眼鏡をかけている。結婚式《けっこんしき》の前はまだ城下の人たちに顔を知られていなかったが、王妃として何度か人前に出ている現在は姿を隠《かく》す必要があった。

二人はしっかり手をつないで道沿いの屋台を見て回り、騎馬《きば》隊と楽団のパレードを見物した。管楽器の演奏に合わせて歩を進める騎馬の壮麗《そうれい》な動きに圧倒《あっとう》された。

港では、鮮魚《せんぎょ》の解体ショーが行われていた。人の身長ほどもある大きな魚をその場で捌《さば》き、炭焼きにしたものを見物客に無料で提供してくれるのだ。炭の香《こう》ばしさをまとった魚の身はとてもやわらかく、ほんの少しまぶした塩が旨《うま》みを引き立てる。魚を一口食べて、ソランジュとアルベリクは顔を見合わせ、無言でうなずき合った。「おいしい」という言葉すら失うほどに美味だった。

午後の三時を回り、ようやく人混みに身体が慣れてきた頃、ソランジュはふと足を止めた。

「何か気になる店でもあったか？」

「アルベリク様。あれ……」

ソランジュが指差したのは、女性向けの可愛《かわい》らしい雑貨屋だった。

軒先《のきさき》には一幅《ぷく》の絵画と、客へのメッセージが書かれた黒板が立てかけられていた。

『アルベリク国王陛下、お誕生日記念グッズ販売《はんばい》中☆』

「…………なんだあれは？」

アルベリクが口元を引きつらせた。

黒板の隣《となり》に飾《かざ》られている絵画は、黒髪《くろかみ》に深緑色の瞳《ひとみ》をした美丈夫《びじょうふ》を描《えが》いたものだった。

たたずまいと服装からして明らかにアルベリクである。

ただ、背景に花や星などのきらきらしい効果がびっしり描き込まれており、よく見ると瞳の中にも星のような光が描かれていた。

「アルベリク様、自分のグッズなんて出してたの？」

「俺は知らないぞ」

ウインドーの外から店内を覗《のぞ》くと、アルベリク本人の知らない非公式らしき商品がずらりと並んでいた。手のひらサイズのブロマイド、ぬいぐるみ、ポスター、それから何でできているかわからない透明《とうめい》な板を自立させた絵姿などなど。

店内は、若い女性から年配の女性まで幅広《はばひろ》い層でにぎわっていた。中には男性の姿もあった。

「待て、ソランジュ。どこへ行く？」

「わたしも何か買おうかなって」

「頼《たの》むからやめてくれ」

アルベリクは、店内へ入ろうとするソランジュをやんわりと押しとどめた。

「ほら、あれ。抱《だ》き枕《まくら》もあるわよ」

「本物がここにいるだろう。あんなものが寝室《しんしつ》にあったら恐怖《きょうふ》で眠《ねむ》れなくなる」

しばらく店の前で粘《ねば》っていたソランジュを引きずるように、アルベリクはその場所から離れた。

「アルベリク様って人気者なのね。来年は公式でグッズを出してあげたら？」

「死んでも御免《ごめん》だ」

ソランジュは冗談《じょうだん》ではなく本気で言ったのだけれど、アルベリクがあまりに嫌がるのでそれ以上言うのをやめた。

（アルベリク様のぬいぐるみ、ほしかったな）

裁縫《さいほう》が得意なベルティーユに今度相談してみよう。

アルベリクが遠征《えんせい》で不在の夜は、彼のぬいぐるみを抱いて眠りたい。


日暮れ時になると、通りに沿って篝火《かがりび》が一斉《いっせい》に焚《た》かれた。

生きているように揺《ゆ》らめく炎《ほのお》は、死者の魂《たましい》を出迎《でむか》えて共に祭りを楽しむためのもの。

「アルベリク様のお父様もいらしているのかしら？」

「そうだといいな」

変装用の眼鏡の奥で、アルベリクの瞳が優《やさ》しく微笑《ほほえ》む。

三年前に逝去《せいきょ》した先王の顔は、肖像《しょうぞう》画で何度か見た。髪《かみ》と目の色は違《ちが》うけれど、芯《しん》の強そうな眼差《まなざ》しはアルベリクと重なるものがあった。

徐々《じょじょ》に暗くなっていく空の下で、篝火《かがや》は輝きをいっそう増して揺れ動く。

まるで絵本の世界に入り込んだような不思議な心地《ここち》で、ソランジュはアルベリクに手を引かれて歩いていく。

「そろそろ帰ろうか。王宮でも火が焚かれている頃だ」

「ええ、そうね……あっ！」

ソランジュは足を止めて、ポシェットの中を探《さぐ》った。

「どうした？」

「アルベリク様。ちょっとこっちへ」

ソランジュは、アルベリクの手を引いて人気《ひとけ》の少ない路地裏に入った。篝火の明かりがわずかに差し込んで、二人の顔をほのかに照らし出す。

不思議そうに首をかしげるアルベリクに、ソランジュは小さな包みを差し出した。

「これは……？」

「アルベリク様。二十三歳のお誕生日おめでとう」

ソランジュが笑顔《えがお》で言うと、アルベリクは驚《おどろ》いたように目を見開いた。

「ありがとう。開けてもいいのか?」

「もちろん」

アルベリクがリボンと包み紙をほどくと、布張りの小箱が姿を見せた。

小箱の中身は、ソランジュの瞳の色と同じ薄紫《うすむらさき》色にきらめく一対《いっつい》のカフスだった。

「カフスなら身に着けても邪魔《じゃま》にならないかと思って……それから、遠征で離れている時もわたしのことを思い出してもらえるかな……と」

アルベリクに内緒《ないしょ》で何度も城下へ足を運んで、悩みに悩み抜《ぬ》いて選んだ一品だった。

「ありがとう、ソランジュ。必ず身に着ける」

向けられた笑顔に、ソランジュは心から安堵《あんど》した。

(よかった……喜んでもらえたみたい)

アルベリクはそっと小箱を閉じて、大事そうに懐《ふところ》にしまった。

「ソランジュ」

アルベリクは変装用の眼鏡を外して、ソランジュの顔を覗き込んだ。

「な、何?」

動揺《どうよう》するソランジュのこめかみにアルベリクの長い指がかかり、眼鏡が外された。

「もう一つだけ、プレゼントをねだってもいいか?」

「あ、あまり高くないものなら」

レアリゼにいた頃の貯金のほとんどをカフスに費やしてしまったので、今のソランジュは懐が寂《さび》しい。

「費用はかからないから心配しなくていい」

アルベリクの手がソランジュの頬《ほお》をそっとなでた。

「きみからのキスがほしい」

「え……っ？」

想像の斜《なな》め上を行くリクエストに、ソランジュは硬直《こうちょく》した。

「い、今……？」

「王宮に戻《もど》ってからでも構わないが、人の目があるぞ？」

アルベリクから悪戯《いたずら》っぽく微笑まれ、ソランジュは逃《に》げ道《みち》を失った。

意を決して口を開く。

「アルベリク様……。目を……閉じて」

言われるまま、アルベリクはまぶたを閉じた。ご丁寧《ていねい》に身体を屈《かが》めて、ソランジュと顔の高さを合わせてくれている。

ソランジュは深呼吸を一つしてから、アルベリクの上着の袖《そで》に触《ふ》れた。

篝火が浮《う》かび上《あ》がらせる二つの影《かげ》が、ほんの一瞬《いっしゅん》だけ重なった。

唇《くちびる》が離れると同時に、アルベリクが目を開けた。

「……キスをされるのは、照れるものなんだな」

頬を真っ赤に染めて目を伏《ふ》せるアルベリクが可愛らしく見えて、ソランジュは思わず笑《え》みをこぼした。

「ほしいって言ったのはアルベリク様よ」

「ああ。最高のプレゼントだ」

アルベリクは、ソランジュの前髪《まえがみ》を指先で掬《すく》い上げて額に軽く口づけた。頭の奥がじんと痺《しび》れるような甘い熱が広がっていく。

「幸せな一日をありがとう」

わたしも幸せよ、というソランジュの言葉は祭りの喧騒《けんそう》にかき消された。

深い青色の夜空に月が昇《のぼ》り、星が瞬《またた》く。

祭りの夜はにぎやかに更《ふ》けていく。


ところで、城下で勝手に製造販売されていた国王の非公式グッズは、民間人の通報により商品が回収され、販売店は業務停止の処分を受けた。既《すで》に売られた一部のグッズは、コルドラの乙女《おとめ》たちの心を癒《いや》しているとかいないとか。

あとがき

おひさしぶりの方もはじめましての方もこんにちは。高見雛《たかみひな》と申します。

このたびは、『訳あって、眠《ねむ》らぬ陛下の抱《だ》き枕《まくら》になりました　羊姫は夢の中でも溺愛《できあい》される』をお手に取ってくださり、まことにありがとうございます！

顔の怖《こわ》い美形が夢の中でもふもふの羊にひたすら癒《いや》されるラブコメとなっております。現代社会に疲《つか》れた心を癒すサプリのような作品を書きたいという気持ちで執筆《しっぴつ》いたしました。楽しんでいただけましたら嬉《うれ》しいです。

タイトルは自分ではなかなか決めきれず、担当様にご協力いただき考案しました。あとがきを書いている段階ではまだ略称《りゃくしょう》が決まっていないのですが、私は「もふもふ抱き枕」もしくは「羊姫」と呼んでいます。

本作を書き始めたきっかけは、「夢の中でなんやかんやさせたい」という、非常にふわっとした構想でした。そこから担当様と打ち合わせを何度も重ねて、「眠らぬ陛下を夢の中で癒す羊のヒロイン」が誕生しました。

羊のモデルは、ギリシャ神話の『アルゴー物語』に登場する「金色の羊」です。神話の中では、羊は毛皮にされてしまっているので（！）、「金色の羊」という設定だけお借りして、神話に登場する「眠らぬ竜《りゅう》」も絡《から》めて物語に反映させました。気になる方は、ぜひギリシャ神話もご覧になってみてください。

ところで作中では触《ふ》れていませんが、アーモンドの花言葉は「真実の愛」「希望」「永久の優《やさ》しさ」です。おそらくアルベリクはそこまで考えずに「似合いそうだな」くらいの気持ちで、ソランジュに髪飾《かみかざ》りを贈《おく》ったと思われます。後から知って恥《は》ずか死んだらいいと思います。

以下、お世話になった皆様《みなさま》への謝辞です。

担当様。プロット段階からたくさんのアドバイスをいただき、本当にありがとうございました。スケジュール面では大変ご迷惑《めいわく》をおかけしました……！　根気強く背中を押してくださったおかげで書き上げることができました。ありがとうございます！

イラストを担当してくださった、まろ先生。ソランジュが可愛《かわい》く、アルベリクが超絶《ちょうぜつ》美形で、イラストを拝見して幸せに浸《ひた》っております。羊のちょこんとした可愛らしさは、グッズ化されてほしいほどです。抱き枕とか（言うだけならタダ）。お忙《いそが》しい中、心が癒される素敵《すてき》なイラストをありがとうございました！

ビーズログ文庫編集部の皆様、校正様、デザイナー様、営業様、印刷所の皆様、本作の刊行に携《たずさ》わられたすべての方々に、心より御礼《おんれい》を申し上げます。

最後に、本作を読んでくださったあなた様へ。ありがとうございました。楽しんでいただけましたでしょうか？　公式サイトのメッセージフォームやＳＮＳなどでご感想をいただけたら嬉しいです。

それでは、また物語の世界でお会いできますように。

高見　雛

■ご意見、ご感想をお寄せください。
《ファンレターの宛先》
〒102-8177 東京都千代田区富士見2-13-3
株式会社KADOKAWA ビーズログ文庫編集部
高見 雛 先生・まろ 先生

ビーズログ文庫

●お問い合わせ
https://www.kadokawa.co.jp/ (「お問い合わせ」へお進みください)
※内容によっては、お答えできない場合があります。
※サポートは日本国内のみとさせていただきます。
※Japanese text only

訳《わけ》あって、眠《ねむ》らぬ陛下《へいか》の抱《だ》き枕《まくら》になりました

羊姫《ひつじひめ》は夢《ゆめ》の中《なか》でも溺愛《できあい》される

高見《たかみ》 雛《ひな》

2023年12月15日 初版発行

発行者 山下直久
発行 株式会社 KADOKAWA
〒102-8177 東京都千代田区富士見2-13-3
(ナビダイヤル) 0570-002-301
デザイン 横山券露央 (Beeworks)
印刷所 TOPPAN株式会社
製本所 TOPPAN株式会社

ISBN978-4-04-737758-5 C0193

定価はカバーに表示してあります。
◇◇◇